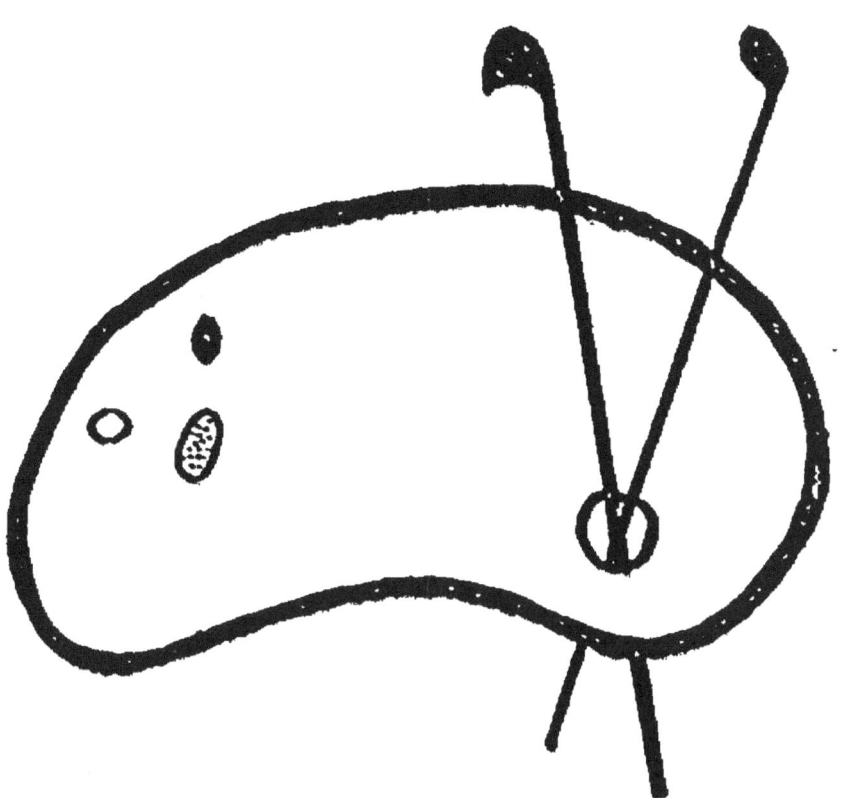

COUVERTURE SUPERIEURE ET INFERIEURE
EN COULEUR

ERNEST HUPIN

AU TEMPS DU MUGUET

NOUVELLE

GIVET

F. CHOPPIN, ÉDITEUR

ET CHEZ LES PRINCIPAUX LIBRAIRES DU DÉPARTEMENT

IMPRIMERIE DE F. CHOPPIN, A GIVET

AU TEMPS DU MUGUET

NOUVELLE

ERNEST HUPIN

AU TEMPS DU MUGUET

NOUVELLE

GIVET

F. CHOPPIN, ÉDITEUR

ET CHEZ LES PRINCIPAUX LIBRAIRES DU DÉPARTEMENT

1875

I

« — Le premier du mois de mai, dont beaucoup de citadins sybarites se soucient bien peu aujourd'hui, était, il y a quelque vingt ans, une fête que chacun tenait à célébrer gaîment, suivant les us et coutumes de l'époque. On dansait au bois sous de gracieux berceaux au vert tendre, dans ces prés nouvellement émaillés de fleurs naissantes. Les orchestres champêtres se faisaient partout entendre, aussitôt le lever du soleil, et donnaient comme un joyeux éveil aux couples heureux accourus de tous points pour prendre part aux réjouissances pittoresques et si entraînantes, que nul ne pouvait résister à l'élan général qu'elles donnaient.

Après la *cueillette du mai* et des premiers bouquets artistement composés par des mains

féminines, les amants n'eussent pas osé manquer à la fête annuelle où tant d'accordailles
s'étaient achevées, où tant d'amours nais-
saient au son enlevant des violons.

Oui, c'était le bon temps, comme disent les
anciens, mon cher Paul; il faut les entendre
raconter leurs prouesses et leurs bonnes for-
tunes pour se faire une idée, je ne dirai pas
de cet âge d'or, mais de cette époque heureuse
où la gaîté n'avait pas de sourdine, où la joie
éclatait comme un pétard, où chacun riait de
bon cœur et chantait à perdre haleine... Fi de
mijaurées! alors on était peu fait aux manières
extravagantes des petites dames qu'élèvent
en serre chaude des cocodès et autres crevés
de même école; la grisette d'hier avait un
tout autre ton, fréquentait la guinguette et
les *bouchons* renommés, dansait aux bals de
fêtes voisines et se faisait rarement remarquer, perdue parfois dans la foule où il eût
été difficile de la reconnaître; la grisette en-
dimanchée se donne parfois un air d'honnête
femme de distinction!...

— Pardon pour cet aphorisme! je tiens à
le relever d'autant plus qu'il promet d'être
suivi d'un cortége métaphorique que tu sembles posséder et manier à ton gré; je tiens
avant tout, Léonce, à la suite de ta description
fantaisiste que tu ne peux arrêter en aussi
beau chemin; je t'écoute...

— Assez sur ce sujet; si nous causions d'autre chose, de Clarisse et de Blanche, par exemple?

— Non, pas maintenant, je te prie, il a été convenu que nous n'en toucherions mot que le plus tard possible; à peine avons-nous quitté la ville que déjà tu te sens disposé à défendre une thèse amoureuse... C'est un peu tôt, attendons au moins que nous touchions au faîte de cette côte.

— Soit, je continue donc et me mets à ton entière disposition. Hier soir, je lisais un admirable lied du grand poète allemand que la Souabe a vu naître, celui que Goëthe ne reconnut que bien tard et seulement quand les chants du sublime rêveur retentissaient aux quatre coins de sa patrie. Or, je ne sais quelle joie intime et quel attrait enchanteur j'éprouvais à la lecture de l'œuvre d'Uhland; mais ce matin mille souvenirs de l'enfance me revenaient à la mémoire; je lisais dans le passé comme jamais je n'avais pu le faire; il me semblait revoir les plus belles scènes de cet âge où tout frappe l'imagination si vive de l'enfant, où tout grandit merveilleux devant les yeux toujours curieux, où tout enfin paraît si beau, si féerique!

Et je revis dans ce monde d'illusions les plus gracieux pastels, les fusains les plus parfaits au milieu de ces fêtes où je courais

2

avec d'autres bambins sous les yeux des parents qui nous gardaient.

J'avais alors cinq ans, peut-être bien sept, car je commençais déjà à faire le monsieur!... A cet âge on est impayable! on copie s'il vous plaît, on se donne des petits airs prétentieux qui font bien rire les bonnes mamans fières d'avoir des fils qui promettent d'être si précoces... On relève la tête, on fait le mutin, puis on pleure après avoir reçu une correction, plutôt une caresse déguisée qu'une main douce vous donne, et tout est dit; les larmes se sèchent et l'on reprend la partie du jeu avec les camarades.

On dansait ce jour-là dans les environs de la ville de M..., que nous habitions alors, je l'ai su depuis; mes parents m'avaient conduit avec eux dans un charmant établissement qu'on nomme *les Lilas.* Une musique animée et bien rythmée versait dans les tonnelles fleuries et séparées comme des touffes de hautes herbes, des sons mélodieux qui semblaient venir des cieux — j'ai depuis reconnu ces quadrilles et ces valses arrangés par Tolbecque sur les airs d'opéra; — des flots de mousseline et de rubans blancs et bleus s'enlaçaient en longues files, au milieu des tourbillons fous de la danse, où des couples animés se croisaient dans un balancement continuel et cadencé.

Des girandoles de verres de couleurs, des guirlandes de lanternes et ballons vénitiens oscillaient parfois sous les efforts de la brise et inondaient de lumières éclatantes et variées les visages radieux. Je me tenais accoudé sur un banc près d'une petite fille aux cheveux châtains que sa mère appelait Marthe. Nous avions déjà joué ensemble en mainte occasion, et en ce moment, tous deux occupés sans doute par l'entrain du bal, nous ne pensions qu'à ouvrir nos yeux le plus possible pour admirer toutes ces vives couleurs qui passaient devant nous en longs cercles rapides...

L'exemple est contagieux et tout jeunes que nous étions, bientôt nous sautillions dans le sable doré et faisions plus de poussière, Marthe et moi, que tout le bal...

C'est alors que mon père qui causait à la mère de Marthe lui disait : Voyez donc, madame, comme ces enfants s'amusent... Votre Blanche n'a jamais été si gaie. — Marthe, vous voulez dire... Auriez-vous oublié son nom aussi vite ? — Ah! pardon, madame, il y a si longtemps que je n'ai eu le plaisir de vous voir; et puis tant d'événements se sont passés depuis; voyez mon jeune Léonce, il grandit à vue d'œil !... — En effet, monsieur, je ne l'aurais pas reconnu, ajouta-t-elle.

La danse était terminée, les cavaliers reconduisaient leurs danseuses, et moi-même, saisissant le bras de Marthe, j'allais glissant de mon mieux avec elle parmi les groupes pour retrouver notre place première. Mon père n'était plus là, et, seule, la mère de Marthe était assise sur le banc, triste et pensive.

— Mais, Léonce, permets-moi de t'arrêter à nouveau, nous semblons faire fausse route maintenant, et de grâce, dis-moi un peu où tu veux en venir avec cette réminiscence... La cueillette de mai est-elle au bout de cette petite histoire ?

— Tu es bien impatient aujourd'hui, mon ami ; il faut convenir que jamais tu ne fus si désireux d'entendre une description qui perd beaucoup de son intérêt, d'autant plus qu'elle doit être généralisée et n'offrir d'autre attrait qu'un libre cours à ta rêverie enthousiaste ; j'étais sur le point de t'apprendre un secret que nul ne sait encore et que je me vois forcé de te taire jusqu'à plus ample révélation.

— Entre nous des secrets ; nous, camarades d'enfance, nous élevés sur les mêmes bancs de l'école, non, je ne le souffrirai jamais ! C'est une trahison qu'un tel manque de confiance... Allons, Léonce, pardonne-moi une fois de plus mes légères interruptions et continue ton récit, il m'intéresse au plus haut point.

— Eh bien ! devine un peu ce que devint

Marthe, la charmante fillette que chacun admirait ?

— Pour sûr une adorable fille que sa mère a mariée suivant l'usage et que tu as sans doute oubliée depuis longtemps...

— Mieux que cela, mon cher, cherche bien, donne-toi un peu la peine de deviner l'énigme....

— Je ne vois pas qu'il y ait le moins du monde matière à énigme; la chose me paraît tellement ordinaire, qu'à moins de complications graves, je ne sais trop ce que doit désirer de mieux une jeune personne en âge de choisir un époux?...

— Eh bien! non, Marthe n'y a jamais songé. Nous nous sommes rencontrés l'autre soir; je l'ai parfaitement reconnue, mais en revanche elle semble ignorer qui je suis, et avant peu, mon cher Paul, elle nous apparaîtra ici même...

— Et Blanche?

— Blanche viendra!

— Et Clarisse que diront-elles? Tu n'y penses pas sans doute, tu veux rire?

— Je ne plaisante pas; ce que je dis sera!

— Tu ne doutes de rien, toi, tu ferais rencontrer deux montagnes; tu pars sans argent et reviens la bourse pleine; tu hasardes tout au jeu et perds rarement; tu fais banco, domino, capot.... marmot même et que sais-je encore, toujours veinard et si adroit que le plus dur des créanciers et le plus cerbère des fournisseurs te considèrent et semblent presqu'honorés de te voir figurer sur leurs livres. Tu séduis la fille la plus revêche comme tu domptes le plus rebelle coursier. Tu causes politique comme un vieil abonné du *Siècle* ou du *Constitutionnel*... Rien ne t'effraie enfin, et tu rayes volontiers de notre langue le mot *impossible* comme impropre et incivil...

—Quel diable veux-tu, mon bon, c'est la vie! il faut être entreprenant en ce monde si l'on veut réussir... Chacun a son étoile; j'ai foi en la mienne : elle peut pâlir, mais non filer!... Tantôt gai, parfois rêveur, je conduis ma barque suivant l'horizon et je tâche d'arriver à bon port... J'ai toujours comparé la jeunesse à un esquif léger surmontant la tempête et séchant ses voiles aux plus radieux rayons du soleil.... Les uns échouent ou sombrent en chemin; d'autres plus heureux arrivent à doubler le cap des trente ans où tout change de face et de couleur, où l'on ne voit plus par le même prisme. L'œil alors doit se perfectionner ou le cœur mieux sentir! On passe au troisième acte de la comédie humaine, où les décors changent à vue et prennent des tons plus murs... L'horizon mieux proportionné perd bien un peu de sa forme brillante. La poésie du terre-à-terre ne jette plus qu'un éclat presque prosaïque, mais en revanche elle se traduit mieux et le vrai bonheur paraît naître seulement... Nous n'en sommes pas là encore, et, comme ces papillons brillants au lever de l'aurore, nous avons devant nous bien des heures enchanteresses que nous ne devons laisser perdre..... L'Anglais est pratique en amour comme en affaire; nous sommes raisonneurs! L'Allemand rêve en regardant plus le ciel que sa maîtresse; nous, nous tourmentons nos belles et leur faisons baisser les yeux, et je trouve franchement que notre façon d'aimer en vaut bien une autre....

— Certes, oui, je suis de ton avis sur ce point; mais cependant, ce que je trouve bizarre, c'est que dans un quator où doit régner l'harmonie, tu penses à introduire une cinquième partie qui ne peut manquer de chanter faux, en fussions-nous même à l'andante. Il était bien entendu que nous devions nous en tenir aux règles ordinaires de l'art sans admettre un effet qui ne peut être que discordant!....

— En musique, mon cher, une pareille combinaison est sans doute matériellement impossible, mais en amour on chante toujours juste quand les cœurs battent à l'unisson; laisse-moi du reste conduire le concert et je te réponds de sa bonne exécution. On prélude déjà là-bas, entends-tu ?

— Serait-ce le bal?

— Certainement!

— Nous n'y sommes pas cependant, le bois est loin d'ici...

— On ne danse pas au bois, mais au Tivoli; nous en approchons. J'ai près de sept heures à ma montre; le signal est donné, ne perdons pas de temps; l'orchestre nous appelle, vite, Paul en avant!! Vois-tu passer les groupes de danseurs sous l'allée de mélèzes où la brise se joue si bien la nuit quand pour toutes lumières la lune à son déclin et les blanches étoiles éclairent discrètement les bancs de pierre. C'est là qu'il fera bon causer bientôt entre deux quadrilles et longtemps respirer les parfums du muguet qui orne le sein des jeunes filles. C'est là qu'il nous semblera revivre en évoquant les souvenirs du passé, à cette époque tant vantée par nos aïeux, ce beau temps des fêtes du mai!... »

Placé à une portée de fusil d'une station du chemin de fer de l'Est, le Tivoli Belair où se dirigeaient les deux amis fut toujours régulièrement fréquenté par une jeunesse joyeuse et brillante, composée en partie d'employés de commerce d'un genre peu *calicot* et de jeunes filles de magasin s'échappant le dimanche soir de la ville, comme des nuées d'oiseaux rendus à la liberté; on y danse dans un splendide jardin décoré avec goût et entouré de bosquets formés en berceaux et gracieuses tonnelles où lilas, chèvrefeuille, volubilis et pois de senteur grimpent de tous côtés parmi le feuillage épais des noisetiers et des tilleuls bien taillés par une main d'artiste. L'orchestre champêtre, formé entièrement de troncs d'arbustes, fait face au chalet qui sert de refuge aux belles égarées qui craignent tant les pluies d'orage pour leurs fraîches toilettes. De légères tables en tôle peinte, des chaises à dessus treillissés, des bancs lourds et massifs servent de contreforts au petit mur d'enceinte à demi-enfoui sous la verdure, et forment tout l'ornement pittoresque et simple de chaque berceau où tant de chants d'amour vont s'éteindre dans les branches avec les derniers accords d'un quadrille.

On danse sur la pelouse au gazon soyeux et glissant; les valseurs préfèrent la terrasse macadamisée ou l'allée des mélèzes : là, on est chez soi au moins, tout se passe en famille, car les élus seuls sont admis à partager cet Eden privilégié. La pelouse est piétinée par tout le monde; les groupes s'y pressent serrés, haletants; on s'y coudoie fortement; on s'y touche du pied, brusquement parfois, forcément presque toujours ; l'espace est restreint et nul ne veut céder son tour et sa place au voisin. On se meut en masse, mécaniquement comme sous l'impulsion du même ressort; on a à peine trois mètres carrés par quadrille pour manœuvrer suivant la chorégraphie lilliputienne, et cependant personne ne s'en plaint, nulle voix ne s'élève contre ce crime de lèse-bienséance; chacun semble avoir pris pour devise ce vers du chansonnier :

Plus on est de fous plus on rit!!

Comme dans tout *palard* honnête et digne-ment dirigé, où la danse se paie sur place, un chef d'orchestre intelligent a le droit de faire des césures et de rogner çà et là, soit une longue introduction dans une valse ou une figure dans un quadrille... A Belair les amants passibles d'ennui ne doivent pas trouver les danses trop longues; elles ont une portée raisonnable, mais ne dépassent jamais le temps réglementaire. C'est l'usage et l'on s'y conforme. On n'est pas là à Mabille ou à la Closerie des Lilas; on est tout simplement au Tivoli Belair perché sur une montagne élevée d'où l'on découvre, il est vrai, les plus gracieux sites champenois: des bois à l'infini, des ruisseaux cascadant en tous sens au milieu des genêts d'or et des guérets hérissant les flancs des roches moussues; puis au loin, dans la plaine, une large rivière qui s'étend dans les champs verts où s'étale la charmante

ville de C..., à demi-cachée derrière la colline.
En tous sens, des villages échelonnés le long
des coteaux blancs comme la neige, au bas
des usines dressant leurs cheminées noires
jusqu'à la base ; puis partout d'élégantes villas
bien assises au milieu de jardins émaillés.

Ce site est fait pour plaire, et nous savons
peu de promeneurs, même misanthropes, qui
ne se soient arrêtés là parfois pour y respirer
à l'aise et peut-être y sourire loin des yeux
curieux durant les longs jours de la semaine,
quand le silence a remplacé l'éclat délirant
et l'entrain irrésistible des fêtes du dimanche.
Il est ainsi des êtres farouches ou timides
qui passent leur existence à suivre la foule à
distance ; ils ne jouissent qu'après elle, ils
la désertent et ne peuvent s'empêcher de
suivre ses traces et de sonder jusqu'aux sentiers qu'elle a frayés : sombre relief des na-
tures qui s'annihilent !...

Léonce et Paul, que nos lecteurs ont vus
dialoguant si ouvertement, n'étaient pas
entachés d'une aussi déplorable manie ; au
contraire, tous deux, francs garçons, bons
vivants ayant toujours le mot pour rire, ils
étaient partout les bienvenus ; chacun les
connaissait au Tivoli, entre jeunes gens on
se lie vite et il suffit parfois d'une soirée de
fréquentation pour cimenter les naissants
rapports de l'amitié.

Si vous ajoutez à un aimable caractère, à un esprit cultivé quoique très-original, un dehors séduisant, les amis ne peuvent manquer de vous accueillir, surtout dans un pays hospitalier où jamais on ne marchande une poignée de main et un bonjour.

Léonce était d'une taille au-dessus de la moyenne, bien bâti; ses épaules rondes supportaient gracieusement sa belle tête aux longs cheveux rejetés avec soin en arrière. Dans ses traits mâles et réguliers se lisait cependant la fine raillerie dont ses deux grands yeux noirs pétillaient; son nez aux narines légèrement ouvertes, sa bouche aux plis sensuels que dissimulait un peu une longue moustache achevaient de lui donner tout l'air des fils de famille en bonne fortune..... Paul était plus délicat, plus sérieux au premier abord; quoique leurs caractères fussent frères, l'un devait se compléter par l'autre. Paul avait les traits plus fins, des lèvres minces, deux yeux plus petits, un front très-élevé; en un mot, tous deux étaient faits moins pour séduire que pour plaire. Ils s'étaient parfaitement rencontrés, et se trouvaient-ils quelquefois séparés, on devinait qu'il y avait un vide autour de chacun des deux amis, tellement on était habitué à les voir ensemble.

Ils étaient du même âge et avaient servi

comme mobiles dans l'armée du Nord. Léonce
avait reçu à Saint-Quentin une blessure assez
grave : une balle lui avait labouré l'épaule,
comme l'armée effectuait sa retraite sur
Cambrai ; tout le monde abandonnait forcément le champ de bataille, et Léonce eut
inévitablement péri d'une mort horrible,
étendu ;dans la boue, si son ami [Paul,
n'écoutant que son courage, ne l'eut pansé
de son mieux et aidé à gagner une voiture
d'ambulance. Un tel service ne s'oublie jamais,
et chacun connaissait de plus les différentes
causes de l'amitié étroite qui les unissait
depuis l'enfance.

Quand ils parurent au *Tivoli*, ce ne fut
qu'un cri de joie, on les attendait à l'heure
ordinaire, et, contre leur habitude, ils
s'étaient fait désirer ; ce qui ne dut pas peu
intriguer la galerie....

— Vous êtes en retard, les amis. Nous
avons commencé sans vous, s'écria aussitôt
une voix qui semblait sortir des flancs de la
montagne.

— Tiens, ce cher Stentor, reprit Léonce,
je ne comptais plus le voir depuis sa dernière
aventure ; je crois franchement qu'on est
incorrigible quand on est habitué de Belair
et qu'on imite Basile...

— Allons, Paul, avancez à l'ordre, beau
rêveur. Nous avons des nouvelles à vous

apprendre; c'est grave! préparez-vous à la collision...

— *Quid nori*, cher Rodolphe, vous m'effrayez d'avance?

— Une adorable sylphide s'est égarée ici même en tombant au beau milieu d'une mazurka. Venez un peu qu'on vous présente à elle. Jamais vous ne vîtes plus belle chenille verte; tout, jusqu'au mignon soulier plat, tout est vert! Franchement, c'est une fantaisie qu'une dame a le droit de s'offrir et je ne pense pas que vous ayez vu plus jolie créature porter aussi légèrement les couleurs printanières.

— Mais où est-elle? Je n'en vois nulle trace; serait-elle disparue?

— Du tout, elle se repose là-bas sous les mélèzes... Elle paraît attendre quelqu'un; elle a refusé toutes invitations et ne répond que par une moue significative... C'est un sphinx que cette femme-là, mon cher, et j'ai presque intention d'en parler à Léonce; il ne peut manquer de l'aller prier à nouveau...

— Oui, adressez-vous à Léonce; pour moi, je ne suis pas libre aujourd'hui, et j'attends.... Je m'en vais du reste jusqu'au châlet.

Comme Paul s'éloignait de son interlocuteur, celui-ci avait rejoint Léonce, lui parlait rapidement et sans lui donner le temps de mûrir une réponse, l'entraînait précipitamment vers les mélèzes où tombaient les derniers rayons du soleil.

De magnifiques reflets annoncent en mai le couchant toujours féerique; ce soir-là de gros nuages épais lrapaient l'horizon d'une sombre tenture que sondait mélancoliquement la dame nouvellement apparue. A la vue des deux jeunes gens qui s'avançaient en la regardant sur le sentier de l'allée, elle abattit vivement son voile de dentelle et attendit sans changer de position, les yeux toujours fixés au ciel.

— Elle est réellement belle ainsi, cette jeune fille; on dirait une de ces légères libellules courant parmi les plumets de la reine des prés. Quelle taille fine et délicate, et ce pied à rendre jaloux Cendrillon elle-même... Quel dommage que nous ne puissions admirer de plus près ce visage si doux, si rêveur où la mélancolie n'est pas étrangère. Qu'en pensez-vous, cher Rodolphe?

— J'en pense beaucoup et ne trouve pas un seul mot pour vous exprimer l'impression que je ressens; tout à l'heure je riais; maintenant je poltronne et je me sens peu le courage d'essuyer un second refus; Léonce, je vous laisse la citadelle à prendre et bats en retraite.

— Je ne lâche pas prise ainsi; une invitation faite suivant les us du dandysme peut être éludée, mais non repoussée.

Léonce avait laissé son camarade rejoindre le bal et s'avançait toujours, quoique lentement, en obliquant légèrement vers la jeune fille. Une minute se passa ainsi, minute d'anxiété où le cœur doit bien doubler ses pulsations. A quelques pas du banc, Léonce défaisant son feutre et s'inclinant, s'écria de sa voix la plus douce et la plus harmonieuse :

— Madame, oserai-je vous souhaiter le bonsoir?

— Bonsoir, monsieur... Léonce, je crois...

— Parfaitement, madame, aurais-je l'insigne honneur d'être connu de vous ?

— Oh! monsieur, pas précisément... Mais votre nom sonne si bien à l'oreille qu'une fois qu'on l'a entendu prononcer par une amie, on le retient...

— Une amie, dites-vous, madame, mais je ne sais au juste ?

— Oui, n'est-ce pas, quand on en a plusieurs!....

— Plusieurs... Je n'y suis plus du tout, madame! Seriez-vous assez aimable, assez charmante, mais qu'allais-je dire là!... ne l'êtes-vous pas! pardonnez-moi, je vous prie, ces premiers mots d'indiscrétion...

— Il n'y en a aucune à mes yeux, monsieur; il me semble tout naturel qu'on s'intéresse d'une chose qu'on ignore ou qu'on feint d'ignorer. Je me mets à votre entière discrétion et suis prête à vous donner tous les éclaircissements que vous désirez....

— Si j'avais le droit, mademoiselle, — laissez-moi vous nommer ainsi.... c'est un si doux titre, — et si j'osais je vous prierais de me dire qui vous a cité mon nom autre part qu'à Tivoli où j'apparais seulement une fois la semaine et où je n'ai jamais eu le bonheur de vous rencontrer...

— C'est peut-être toute une histoire, monsieur Léonce, et comme vous me semblez quelque peu fatigué, je vous offre de bon cœur la moitié de ce banc; prenez place un moment et causons...

— Trop enchanté, mademoiselle, vous faites si bien les choses qu'on ne saurait rien vous refuser... Je vous écoute, mais avant je ne puis tarder plus longtemps sans vous avouer que vous êtes l'objet d'une admiration générale. Jamais vous ne daignâtes sans doute hasarder vos jolis petits pieds dans le sable de cette allée trop sombre. Vous paraissez pour la première fois dans ce bal joyeux et animé, et déjà vous faites sensation!! Êtes-vous la nature elle-même? Êtes-vous l'œuvre la plus pure moulée par les doigts roses des fées? Êtes-vous cette ange qui charme mes rêves chaque nuit? Plus je vous admire, plus mon être se trouble... On dirait presque que vous ressemblez.....

— Oh! tendre monsieur Léonce, remettez-vous un peu, je vous prie : il est urgent que votre esprit soit bien présent; vos compliments, quoique trop flatteurs, m'ont causé le plus vif plaisir et doivent masquer, si je ne m'abuse, d'autres sentiments qui partent d'un trop bon naturel pour n'être pas acceptables; mais avant de pousser plus loin les préliminaires de ce tête-à-tête, je vous préviendrai que je tiens avant tout à ne pas attirer sur moi les regards et à tenter la maligne curiosité. Je désirerais être moins en vue, j'ai des motifs pour cela...

— Mademoiselle, nous avons derrière le châlet une étroite terrasse enfouie sous des bouquets de lilas et masquée par quelques sureaux épais; nous y serons tranquilles; l'endroit est propice et je vous réponds sur mon honneur qu'on ne viendra pas nous y trouver... Je l'ai nommé par euphémisme le *boudoir des soupirs;* il n'a rien d'effrayant, je vous assure!

— Je suis à vous, galant cavalier; conduisez-moi, reprit mystérieusement la dame en se levant...

Léonce lui offrit son bras et tous deux, d'un pas lent et mesuré, disparurent au tournant de l'allée... L'orchestre jouait en ce moment une valse de Strauss... Ce n'était qu'un rire autour du bal, où la gaîté comme un fluide

électricque se communiquait partout et illuminait bien des gracieux minois dignes du
plus fin pinceau....

II

Ce soir-là, tout se passait au bal du Tivoli comme d'ordinaire. L'orchestre ne cessait de harceler les couples de danseurs. On s'arrêtait peu entre chaque figure de quadrille. Le temps est d'or, disent les Yankes, et, sur ce point capital, le chef d'orchestre pouvait passer pour un parfait Américain : debout, gesticulant, commandant, battant la mesure, excitant de son mieux huit musiciens plus méthodiques que leur jeu régulier et aussi mécaniques qu'un métronome, cet émule d'un Arban de province connaissait son métier : pas un truc ne lui échappait. Il recommandait surtout aux violons le coup d'archet final entre le chevalet et la queue; la clarinette alors avait une sorte de tremblement fébrile, la flûte détonnait plus perçante que jamais,

le trombone lui-même devenait sentimental,
la basse vous eût arraché au plus profond
sommeil et de tous côtés retentissait la plus
douce musique :

O les premiers baisers donnés sur la voilette !

Cela durait peu, et un baiser, quelque bon
qu'il soit, ne peut se prolonger éternellement...
Tous les couples se précipitaient vers les berceaux transformés en buffets garnis de vic-
tuailles et boissons attrayantes. La blonde
bière à mousse crémeuse, l'orgeat laiteux,
l'attrayante grenadine et les liqueurs, enfin
le vin

Qui fait rire et donne la gaîté !

Le champagne, tout regorgeait ce soir-là !...
Le Tivoli était devenu Pactole... Il semblait
rouler des paillettes d'or... Les goussets garnis annonçaient une crue subite et inaccou-
tumée... Le brave M. Jean, patron de l'établissement, avait rarement paru plus réjoui ;
il se frottait les mains, ses gros yeux gris
roulaient sans cesse, son nez légèrement en-
luminé rougissait à plaisir ; sa bouche, petite,
s'ouvrait à tout propos et laissait entendre
une sorte de joyeux fredon qui est du meilleur
augure, — ainsi le bourdonnement du mou-
cheron annonce le beau temps ; — son toupet
se dressait malicieusement et faisait rire jusqu'aux larmes sa plantureuse épouse, étalée

dans son comptoir d'où elle surveillait les
moindres mouvements de maître Jean. Il
allait en tous sens, causant à tout le monde
et prodiguant ses compliments les mieux
assaisonnés, n'épargnant pas ses épithètes
favorites de *petite mère, ma chatte*, etc. Les
deux bonnes, jolies Belges habillées en Suis-
sesses, rivalisaient de zèle et d'ardeur pour
servir promptement une clientèle si bien
choisie... A peine souffraient-elles qu'on leur
entourât galamment la taille pendant qu'elles
servaient les consommateurs...

— L'ouvrage avant tout, criait M. Jean;
trottez, mes belles, vous vous reposerez plus
tard et vous donnerez du bon temps... Je
n'entends pas que l'on soit esclave chez moi,
mais quand le besoin l'exige j'aime à ce que
l'on se rende utile. Servez donc M. Paul, il
n'a pas l'air gai, ce soir !

— Vous trouvez, père Jean ? Je n'ai pourtant aucun motif pour être triste. Votre bal
est très-animé, c'est une véritable fête aujourd'hui, on ne tarit pas, c'est ravissant !

— C'est admirable, splendide même, voyez-
vous, monsieur Paul, de voir danser ainsi la
jeunesse; ça regaillardit le cœur, on vaut à
mon âge dix ans de moins, et ma foi, si
j'osais encore, je vous ferais bien voir comme
nous faisions nos pas jadis. C'était plaisir !
on valsait à ravir sur une table! On dansait,

au moins, on ne sautait pas comme à présent... A cette heure on apprend plus volontiers l'escrime et la gymnastique, et c'est à
peine si l'on daigne prendre quelques leçons
de danse...

— Mais, père Jean, ça ne nuit en rien aux
divertissements, l'amour est de tous les âges,
toujours jeune et provocateur ; les mœurs
peuvent changer ; lui, demeure constamment
dans les cœurs, c'est un petit oiseau qu'on a
du mal de dénicher...

— Ah ! j'en sais quelque chose, monsieur
Paul, et souvent il m'arrive encore de m'é-
crier quand je suis seul : Ah ! mes jeunes
années, où êtes-vous ? On regrette toujours
le temps passé comme s'il devait revenir.

— C'est au moins consolant de puiser ainsi
dans le livre des souvenirs... Quelles émotions quand on se dit *in petto :* « Tu fus la fine
fleur des lurons, le coq des hameaux ! » Hein !
père Jean, ça doit tout de même remuer l'a-
mour-propre ; on a toute sa vie chacun son
petit point d'orgueil que le temps ne peut
qu'émousser. C'est le grain de sel de l'esprit
satisfait et radieux... Mais, tiens, la polka
est finie et Léonce ne vient pas...

— Je vous laisse, monsieur Paul, la bourgeoise ne peut me donner une minute de
trêve... Sans adieu...

— Ouff ! ouff ! ah ! *Per Bacco,* monsieur

Paul, en voici une qui n'est pas piquée des hannetons, comme dirait papa Girardeau, le meunier. Il ne me souvient pas d'avoir polké de la sorte; c'est vertigineux, c'est vélocipédiser, ce n'est plus danser; voyez donc l'état de mademoiselle Nini, elle est pourtant légère comme une plume; que serait-ce donc si j'avais invité cette bonne grosse mère qui fait tapisserie là-bas?

— Prenez place à cette table, mademoiselle. Allons, cher Rodolphe, reposez-vous au moins quelques instants; vous êtes infatigable... Qu'avez-vous donc fait de Léonce, à propos?

— Léonce? Il est probablement resté dans l'allée de mélèzes; il s'y plaît, paraît-il!

— Il est bientôt acclimaté...

— Vous ne dansez pas, monsieur Paul?

— Non, mademoiselle, j'attends ce farceur de Léonce.

— Il vous a encore joué un de ses petits tours?

— Il est assez long, celui-là. Qu'en pensez-vous, Rodolphe?

— J'en pense que la rencontre se prolonge et que l'entrevue a été bonne. J'y perds mon latin et m'avoue incompétent pour définir le caractère de notre ami Léonce. Rien ne le déconcerte; il va droit au but et se trompe rarement. Qui pourrait se défendre d'aimer, du reste, sa gaîté si naturelle et son langage plein do franchiso. Jo no mo souviens pas do l'avoir vu tristo uno soulo fois; il ost philo-sopho sur tout ot supporto aiusi plus facile-ment qu'un autro les vicissitudos do l'oxis-tence.

— Pensoz-vous, Rodolpho, qu'il soit de-mouró aussi longtomps sous los allóos ?

— Cola m'étonnerait fort. J'y cours ot re-viens à l'instant. C'ost l'affairo do deux mi-nutes.

— Vos dansousos no sont pas venuos, mon-sieur Paul ?

— Pas encoro, mademoisollo Nini, jo pró-sumo qu'ellos no so feront pas désiror plus longtomps; la nuit ost déjà sombro, on illu-mino l'orchestro ot lo châlot, la fôto véritablo va commencor; les ótoiles sont parossousos à so montrer co soir; lo pâlo croissant do la luno passo dorrièro les grands peuplicrs do la routo désorto; jo no vois âmo qui vivo so diri-gor do notro côté, j'ai commo un pressenti-mont quo cos demoisollos resteront en villo aujourd'hui.

— Mais, monsicur Paul, ollos no vous om-pêchont pas do dansor sans ollos, jo suppose ! Et si vous êtes aimablo, jo serai on no pout plus charméo de vous avoir pour vis-à-vis.

— Jo vous lo promots, bollo Nini, si touto-fois des óvénomonts impróvus no mo forcent pas à quitter lo bal.

5

— Ah! voilà Rodolphe; il sourit... Il y a du nouveau... La comédie se joue...

— Eh bien! Rodolphe, y sont-ils toujours?

— Envolés, mon cher, et sans laisser la moindre trace: les oiseaux ont changé de bocage.

— Ils ne sont pas loin, j'en suis bien sûr!

— La terrasse est muette et seule la brise y souffle langoureusement.

— Ils ont sans doute pris le sentier qui conduit au moulin.

— La sylphide est bien capable de l'emmener plus loin qu'il ne voudra... Si c'était une ondine? ajouta Rodolphe.

— Puisqu'il en est ainsi, je dois en prendre mon parti. Rodolphe, nous allons faire un quadrille, je suis à vous; j'aperçois là-bas une blonde de la plus belle eau; c'est un épi prématuré, mais elle n'en est pas moins jolie. Rions, et soyons libre ce soir. Changement de couleur est une agréable diversion. L'amour qui n'a qu'un drapeau se connaît mal en beautés.

Ils disparaissaient bientôt tous trois dans le cercle épais des danseurs qu'entourait une haie de dignes matrones aux yeux parfois sévères, remarquant le moindre détail, ne laissant échapper la plus petite peccadille et s'amusant, comme elles disent familièrement, à casser du sucre sur le dos des voisins; c'est

la mode, que voulez-vous! Celui qui danse
observe peu, il est tout à l'action, à la conversation ; il ne se doute guère qu'il sert de point
de mire à toute une artillerie montée qui
lui décoche les traits les mieux aiguisés!...

Le père Jean allait son petit train, faisant
sourde oreille, toujours guilleret, en posant
sur tous les points de son établissement, en
vue du public, des lanternes allumées.

Belair avait des yeux de flammes projetant
dans la plaine leurs plus beaux rayons tamisés par la verdure... Le châlet s'illuminait
par enchantement. Les deux gros réverbères
de la porte du jardin devaient ressembler de
loin aux disques éclatants des voies ferrées.
Et Léonce ne revenait toujours pas ; depuis
son entrée sous l'allée de mélèzes il n'avait
donné aucun signe de vie ; beaucoup, à la
place de Paul, se seraient mis en quête de
découvrir la retraite mystérieuse qu'il avait
choisie pour s'éloigner des regards scruta-
teurs ; il eût été peu commode et presque
difficile d'opérer une reconnaissance dans le
voisinage sans éveiller de suite l'attention
générale ; agir ainsi eût été une mesure très-
impolitique, et c'était prendre le chemin des
écoliers pour arriver au but.

Paul n'était pas enfant. En quelques minutes il avait mûri le plan le plus sage ; après
s'être appesanti sur toutes les conséquences

fâcheuses qui pouvaient résulter d'une indiscrétion aussi patente, il s'était dit : Attendons! il reviendra toujours ! et depuis il n'avait pas cessé un seul instant de prendre part au bal. Il s'en donnait comme pas un, riait, invitait les danseuses de tous genres et de qualités disparates, de caractères hétérogènes. On eût cru qu'il voulait se livrer à quelque étude psychologique nouvelle, changeant vingt fois de conversation et papillonnant avec succès. On l'avait rarement vu aussi versatile en fait de sentiments. Les unes s'écriaient au miracle, d'autres en devisaient ; lui seul en riait beaucoup et ne paraissait nullement se fatiguer d'un manége auquel il trouvait tant de charmes.

Les heures fuyaient... heures d'enivrement et de délices!... heures de folles sensations et d'inexprimables attraits ! Il ne les comptait pas, il n'avait entendu sonner aucune horloge voisine ; le son de la musique et les accents argentins de voix doucereuses l'occupaient trop pour le distraire un seul instant.

La soirée touchait cependant à sa fin... Le cercle se rétrécissait peu à peu ; le vide se faisait sensiblement, et déjà vers la ville de joyeuses chansonnettes retentissaient ; duos, chœurs se succédaient et grossissaient en s'unissant dans un lointain accord.

Paul se reposait alors auprès de la sédui-

sante Nini qu'il avait plusieurs fois engagée ;
il lui causait de mille riens, sa verve intarissable n'avait plus de frein, le grelot était atta-
ché par une hilarité soutenue qui faisait dire
à Rodolphe : « Décidément, Paul a pris le
grand trot! Impossible de l'arrêter ! » Il ne
devait plus guère songer à son ami Léonce,
quand une main passée au travers du berceau,
le tirant fortement par l'épaule, le fit sur-
sauter si brusquement que le banc, mal calé,
perdit l'équilibre, entraînant dans sa chute
la jolie brunette effrayée et surprise; elle
n'eut pas le temps d'appeler au secours,
Léonce, derrière elle, la recevait dans ses bras
le plus doucement possible et la remettait sur
pied...

— Léonce, à présent ! Tiens, te voilà de retour, tes études sur l'astronomie comparée
t'ont sans doute retenu toute la soirée sur la
terrasse ?

— Nous causerons de cette expérience-là
une autre fois; pour le moment, Paul, j'ai
mieux à t'offrir; et vous, chère demoiselle,
crainte d'accident nouveau, daignez venir
parmi nous sous cette tonnelle; nous avons
encore quelques instants à demeurer au
Tivoli... Nous les passerons ensemble...

— Laissez-vous tenter, mademoiselle !

— Volontiers, monsieur Paul, mais à la
condition que vous me promettiez de me re-

conduire à bon port; je n'aperçois plus aucune de mes amies... Et par cette nuit profonde...

— C'est entendu, nous prendrons la même voiture que Pythagore et autres sages ne quittaient jamais...

— Père Jean, holà ! vite un *col blanc*... Dépêchons-nous ! s'écria Léonce.

— Voilà, messieurs, on y va.

— Un col blanc ! tu te mets bien, mon cher.

— On ne fait jamais trop bien les choses en si bonne compagnie !

— Quel saint prônons-nous ce soir ? reprit Paul.

— Je ne sais, mais avant tout nous avons deux compagnes qui méritent d'être fêtées... Faites connaissance, mesdames, entrez en relation, donnez-vous la main, cela vaut mieux que d'insignifiantes cajoleries... Rien ne passe les liaisons impromptues, elles durent peu ou sont éternelles...

— Voilà le col blanc demandé, messieurs, marque première ! Allons, Marie, vite les flûtes par ici.

— C'est bien, père Jean, quand nous l'aurons dégusté, nous vous en dirons des nouvelles. Boum ! le bouchon a passé au-dessus de l'orchestre, si seulement il était arrivé dans le pavillon de ce trombone pulmonique qui gémit des contre-temps ! Une autre fois je serai plus adroit; à votre santé, mesdemoiselles !

— A la vôtre, monsieur Léonce, monsieur Paul.

— Merci bien, mesdames, comment trouvez-vous le mousseux? Et toi, Paul?

— Excellent, j'en raffole, et vous, mademoiselle?

— Je l'adore.

— Allons, Paul, entonne-nous le couplet d'occasion :

> Oui, buvons, buvons encore,
> S'il est un vin qu'on adore
> De Paris à..., etc.

Paul ne se fit pas prier; il était de trop bonne humeur pour ne pas entonner son refrain favori; les couplets furent bissés et rebissés même, et si maître Jean n'eût pas fait sonner le couvre-feu, la séance promettait de se prolonger outre mesure. L'orchestre s'était tu, les instruments étaient soigneusement enveloppés dans leurs étuis; les lanternes, éteintes presqu'en tous sens, jetaient un dernier rayon d'adieu sur la pelouse luisante et déserte. Il n'y avait plus à tergiverser, Mᵐᵉ Jean était à cheval sur la loi, et pour un boulet de quatre, disait-elle, on ne me ferait jamais passer l'heure.

Quelques minutes après, les deux couples

s'élançaient gaîment, sautant et dansant sur
la route blanche qui s'en allait dans la nuit.

— Pas de lune, pas d'étoiles, tous les chats
sont gris, disait Léonce ; les libellules sont
redevenues chrysalides, leurs ailes vertes ont
pris des teintes sombres et méconnaissables ;
nous rentrerons en ville sans être aperçus.

Nos quatre étourdis s'occupaient fort peu
des éclairs qui sillonnaient et déchiraient les
nues ; le tonnerre grondait dans le lointain
et n'annonçait pas qu'il dût aussitôt rouler
au-dessus de leurs têtes. Ils marchaient au
hasard, lentement et presque à tâtons, n'ayant
pour guide que la flamme des éclairs se suc-
cédant par intervalle... L'air, de plus en plus
lourd, devenait insupportable. Léonce et Paul,
resserrés par leurs compagnes que la peur
gagnait peu à peu, n'avançaient qu'à petits
pas, ruisselants, le front brûlant... Bientôt
les cieux n'étaient plus qu'une immense cou-
pole en feu, rappelant presque ces temples aux
absides croulant sous les flammes avides.

— Grandiose ! sublime ! n'est-ce pas mademoiselle Nini ?

— C'est tout simplement effrayant, monsieur Paul !

— N'allez pas avoir peur, au moins... L'o-
rage n'est pas dangereux... Demandez plutôt
à Léonce qui s'y connaît...

— Mon cher, ça me fait l'effet d'un immense feu de joie, un superbe brûlot aux flammes inimitables; ce petit nuage qui masquait le coucher a fait des siennes; il s'est étendu comme une tache d'huile. Et dire que je n'ai rien vu de tout cela quand nous nous promenions vers le moulin... Hâtons le pas, mes amis, nous sommes encore loin de la ville et il s'agit d'y rentrer en bon ordre.

— Pourvu que nous n'ayons pas de pluie; rien que d'y penser j'en tremble pour ma robe neuve vert tendre, mon petit chapeau satiné, mes bottines achetées aujourd'hui; où trouver un abri? soupira la compagne de Léonce.

— Et moi, reprit Nini, je ne sais si ma robe lilas pourrait servir encore !

Comme elle achevait ces mots, un éclair, suivi d'une formidable détonation, produisait un choc terrible et renversait presque les deux couples qu'un commun instinct avait subitement rapprochés, et la pluie, abondante et chaude, tombait en grosses gouttes sur l'épais feuillage du bois bordant la route.

— Léonce, s'écria Paul remis de sa stupeur, je sais à deux pas d'ici une hutte bâtie par les boquillons; c'est en pleine coupe, nous n'avons rien à craindre; nous pourrons au moins attendre que cette pluie diluvienne ait cessé de tomber.

Ce qui fut dit fut fait; quelques instants

6

après, Léonce heurtait de son poing vigou-
reux la porte d'entrée d'une cabane bâtie de
branches d'arbres et de terre, érigée en forme
de pyramide, suivant les principes tradition-
nels de l'art des premiers bûcherons.

La porte ne céda pas, mais une voix rude
cria de l'intérieur :

— Qui va là ?

— Ouvrez, l'ami, nous sommes des jeunes
gens pris par l'orage ; nous voudrions nous
mettre un instant à l'abri dans votre hutte ;
nous vous en serons reconnaissants, dit
Léonce.

— Attendez un instant, je suis à vous !

La porte s'ouvrit, et presqu'aussitôt, à la lumière d'une chandelle, ils entraient dans
l'intérieur restreint et grossier de cette demeure primitive.

— Soyez les bienvenus, reprit l'homme, je
ne vous offrirai pas de chaises, ce luxe nous
prendrait trop de place, mais vous pourrez
vous asseoir sur les bords des lits de mes
camarades ; nous sommes habituellement
cinq ici, quatre sont retournés au pays et je
suis resté à mon tour pour monter la garde.

Tous s'étaient assis en remerciant l'hôte
de son obligeante réception ; la pluie tombait
dru et fouettait les arbres voisins comme si
on l'eût jetée par seaux.

Le bûcheron avait fermé la porte de sa

hutte et s'était lui-même assis sur une sorte
de grabat qui lui servait de couche. La première émotion passée, la gaîté ne pouvait
tarder à reparaître. Paul avait pris quelques
cigares, il en offrit un au bûcheron; on tira
une première bouffée, une seconde, toujours
silencieux, mais à la troisième les langues se
délièrent et le brave boquillon dut donner sur
sa position, son métier, sa vie au bois, tous
les détails possibles... Il le faisait, du reste,
de meilleure grâce ; rien ne flatte plus un tra-
vailleur à qui l'on cause de son métier que
l'intérêt que l'on prend à l'écouter.

Une heure se passa ainsi ; c'était une rude
pénitence pour les pauvres filles attardées. La
pluie ne cessait pas ; on avait ouvert la porte
plusieurs fois et rien ne faisait présumer un
changement de temps.

— Pour vous faire prendre patience, mes
amis, reprit le boquillon, je m'en vais, si vous
le désirez, faire une tasse de café ; ça réjouit,
et après, ces demoiselles désolées ne verront
pas les choses si en noir ; la pluie ne peut
durer longtemps ; à cette saison un orage
passe vite et les routes sont bientôt séchées.

Pendant qu'il allumait quelques branches
de bois mort, Nini, près de sa camarade,
passait l'inspection de cet intérieur si pauvre
en poussant des soupirs significatifs et plus
éloquents que la meilleure des paroles ; Nini

aurait dû être déjà de retour chez sa tante, modiste à la ville; elle cherchait sans doute un prétexte, une excuse à donner; son amie de quelques heures ne devait pas songer au même motif, et qui l'eût observée, souriant au brasier enflammé, se serait étonné à bon droit de son air plus malicieux qu'insouciant. Paul et Léonce fumaient aussi posément que les fils de la bonne Hélvétie; pour eux, l'aventure n'offrait pas un côté fâcheux; une fois de retour aux portes de la ville, chacun se dirigeait de son côté; telle était du moins leur idée.

L'eau bouillait dans une sorte de marmite profonde, et la vapeur délectable qui s'en échappait flattait agréablement l'odorat; le café se faisait. Ce fut l'affaire d'un quart d'heure, les tasses, ou plutôt les bols larges, fumaient sur la petite table dressée à la hâte; il ne resta plus qu'à s'exécuter de bonne grâce, tout en soufflant de son mieux pour refroidir le liquide brûlant.

Le violent orage s'apaisait par enchantement, le calme s'était rétabli; le rossignol hasardait une de ses divines roulades dont raffolent les amants et les rêveurs. La pluie tombait fine et frôlait à peine le feuillage des futaies voisines; on eût dit une rosée d'été, transparente et douce, pleurant ses chaudes gouttelettes sur les fleurs.

Il fallut bien quitter l'asile hospitalier du
bûcheron et reprendre le chemin à tout prix ;
la montre de Paul marquait deux heures ; il
n'y avait plus de temps à perdre. Le ciel, entièrement nettoyé, étincelait et changeait
merveilleusement le décor quand les deux
couples faisaient résonner sous leurs pas les
dalles des trottoirs.

Toutes les petites villes de province ont la
nuit un aspect assez morne, un silence de
mort que rien ne vient interrompre ordinaire-
ment ; chacun a ses habitudes réglées. On se
couche rarement après minuit, et c'est ce qui
explique l'estimable et prévoyante économie
de l'administration, qui a toujours soin de ne
pas laisser après l'heure réglementaire un
seul bec de gaz allumé. Les noctambules, —
il y en a partout, — ont recours, en ce cas,
au falot ou à la lanterne sourde plus commode
encore, s'ils veulent quand même se livrer à
leurs pérégrinations dans quelques quartiers
obscurs. Chaque ville a sa physionomie à
part, ses mœurs, son genre, ses habitudes,
ses besoins, enfin ses plaisirs ; on n'y peut
rien changer du moment où c'est passé à l'é-
tat chronique ; le remède n'est plus qu'un
palliatif parfois dangereux.

La bonne petite ville de C... est une pépi-
nière de rentiers maniaques, de bourgeois
esclaves de leur traditionnelle manière de

vivre. Depuis peut-être cent ans, de père en fils on suit le même courant de vie douce et facile quand la position de fortune le permet; on est assez matineux; on fait son petit tour le matin, et, pour ne rien perdre sur le sommeil réparateur, on se couche volontiers avec le soleil. Nous n'entendons nullement parler ici de la généralité de la population; il y a toujours bien des exceptions à toutes règles, même dans la bienheureuse cité de Molinchart.

Les braves gens qui sacrifient des heures si précieuses en l'honneur de Morphée ne peuvent stoïquement faire un somme de douze heures; ils le partagent en deux et font ce qu'ils appellent une *pose* vers minuit; on ouvre sa fenêtre, on bâille aux astres, on regarde son thermomètre, son baromètre et même son chronomètre, auquel l'on ne pardonnerait pas le moindre écart, et l'on se recouche après avoir promené quelques minutes sur le bord de la fenêtre le plus gracieux casque à mèche du monde.

Les nuits, comme les jours, se suivent sans se ressembler... Après un tel orage, certain ménage paisible doit se trouver quelque peu émoustillé quand l'épouse frêle ou d'un tempérament nerveux coudoie dans un accès de peur le brave époux déshabitué déjà à de si pressantes familiarités; lui, voudrait que l'o-

rage fût éternel, tant il est heureux de voir
sa chère moitié aussi tendre... Bien des fenêtres étaient ouvertes dans les rues de C...
Le pharmacien Béchart, de la rue Neuve,
avait allumé sa lampe, pour un fait grave,
sans doute... En face, M. Delorme, surnommé
à bon droit la petite gazette du quartier, avait
poussé la munificence jusqu'à allumer une
bougie rose. On entendait tousser çà et là, et
chacun se reconnaissait... On voyait, à travers les rideaux, des chemises de la batiste
la plus blanche se remuer et prendre forme ;
chacun tenait à constater sans doute, par ses
propres yeux, que l'orage était bien terminé.
L'*Hôtel du Cœur-d'Or*, qui fait le coin de la rue
et donne sur la Grand'Place, était éclairé au
rez-de-chaussée ; d'un côté des flots de lumière glissaient au travers des persiennes et
permettaient de lire l'enseigne de la librairie
Franz et les annonces placardées sur les murs
de sa maison ; en un mot, il eût été bien
difficile de passer par là sans être remarqué.

Le cap des tempêtes est difficile à doubler.
La rue Neuve le semblait davantage cette
nuit fameuse ; jamais plus joli traquenard ne
fut tendu à des jeunes gens attardés qui
désirent autant que possible garder l'inco-
gnito en pareille occurence... Quand on entendit leurs pas retentir quoique bien doucement sur les plaques de fonte des trottoirs,

ce ne fut qu'un grincement général de fenêtres s'entre-bâillant avec précaution, comme
s'il se fût agi d'un événement mystérieux.

Léonce et Paul, à la vue de ce remue-mé-
nage extraordinaire, avaient compris de suite
ce que désiraient voir ardemment ces yeux
brouillés par le sommeil et cependant avides
et fixes. Ils enfoncèrent à la hâte chacun leur
feutre mou, relevèrent le col de leur habit,
se ficelèrent un foulard autour du cou si bien
placé qu'on leur voyait à peine le bout du
nez. Nini et l'autre jeune fille s'étaient en-
fouies le mieux possible dans leurs robes
qu'elles avaient rejetées par dessus leurs
têtes, et, ainsi déguisés, ils purent passer
sans être reconnus, au grand désappointement des honnêtes curieux qui refermèrent
brusquement cette fois leurs fenêtres, mais
non sans maugréer beaucoup... M. Delorme,
bavard comme une pie, ne put s'empêcher de
dire son mot, et les voisins l'entendirent
crier à sa femme : « Hum ! voilà des faux voyageurs qui ne vont pas loin d'ici, ma poulotte ! »

Le silence se rétablit dans la rue Neuve...
Le premier pas était fait, il en restait un plus
grand à faire. Au bout de la rue, Léonce et
la jeune fille qu'il appelait Mina par moments
avaient fait subitement une bifurcation vers
la petite porte de l'hôtel; trois coups discrets

furent entendus, on vint ouvrir; l'inconnue
seule entra, Léonce s'était effacé derrière la
muraille, et une fois la porte refermée il s'était
dirigé vers une ruelle tortueuse où il habitait.
Il restait Nini et Paul; ils s'avançaient vers
un angle de la place des Halles où se trouvait la maison de Mme veuve Arnold, modiste en renom, dont la beauté rendait jalouses
bien des petites dames qui demeuraient quand
même ses clientes. Nini, sa nièce, travaillait
avec elle; comme directrice d'atelier, elle
avait plusieurs ouvrières sous ses ordres et
sa tante la laissait entièrement libre de l'emploi de son temps, une fois l'ouvrage terminé;
elle lui avait tout dit, ne lui avait rien caché
des dangers et des obstacles dont la vie d'une
jeune fille est remplie; elle lui avait exposé
un tableau véridique des vices qui dégradent
la société, de l'état des mœurs et des conséquences terribles d'une conduite irréfléchie
ou trop légère. Nini sortait peu en semaine,
mais seulement le dimanche soir elle deman-
dait à sa tante l'autorisation d'aller se promener en compagnie d'une de ses amies que
sa mère escortait; Mme Arnold ne faisait jamais d'opposition et accordait toujours de
grand cœur les quelques heures de liberté
demandées.

Nini avait été déjà plusieurs fois au Tivoli.
Le bal semble si beau à cet âge que tout l'or

du monde ne peut racheter une de ces premières soirées d'émotion où le cœur vierge
subit les plus douces influences et des sensations presqu'inénarrables! Mme Arnold n'aimait pas trop les divertissements du bal pour
sa nièce; elle avait sur ce point des doctrines
peu encourageantes. Mais rien passe-t-il une
pomme verte cueillie et croquée dans un
verger. Le fruit défendu seul séduit. Une
corbeille des fruits les plus mûrs, les plus
attrayants flattera l'œil et le goût il est vrai
sans satisfaire entièrement les sens...

Quand on a goûté du bal on y retourne;
c'était un attrait trop puissant pour la belle
Nini, impressionnable comme une sensitive;
elle ne put s'empêcher de prendre chaque
dimanche le chemin de Belair ou du bois
avec d'autres camarades aussi charmantes
qu'elles, et l'habitude fut prise pour toujours...

Nini logeait au rez-de-chaussée dans une
sorte de petit boudoir attenant à l'arrière-
boutique; elle pouvait, en prenant beaucoup
de précautions, parvenir à sa chambre à coucher sans éveiller l'attention de sa tante qui
dormait habituellement d'un sommeil très-
dur; mais ce maudit orage avait mis toute la
ville en émoi! Mme Arnold elle-même avait
rallumé sa veilleuse et ne devait pas fermer
les yeux en ce moment. Nini recula épou-

vantée à la vue de cette lumière et entraîna
Paul au plus vite dans l'encoignure d'une
porte voisine... Il était temps, une charmante
tête encadrée d'un bonnet brodé apparut à la
fenêtre.

— Nous jouons de malheur, dit tout bas
Nini à l'oreille de Paul, je ne puis rentrer
maintenant; quand ma tante se réveille, c'est
fini pour la nuit; elle entendrait passer une
souris dans le magasin; j'ai une idée depuis
longtemps arrêtée, je lui dirai demain matin
que, retardées par l'orage, mes amies et moi,
nous ne sommes arrivées que très-avant dans
la nuit et que sur l'invitation pressante de
l'une d'elles, j'ai cru devoir partager son lit
pour ne pas avoir à déranger les gens de la
maison à une heure aussi matinale.....

— L'idée est bonne, mademoiselle, seulement vous ne pourrez attendre ainsi l'heure
du lever en vous promenant dans la rue, exposée à être reconnue. Je vais me mettre en
quête de vous trouver un abri convenable;
nous allons aller à l'hôtel de l'Univers, il est
très-bien situé près de la promenade de
tilleuls; on est moins turbulent de ce côté.

— On me connaît trop à l'hôtel, c'est moi
qui vais essayer les robes à madame, toutes
les bonnes m'appellent par mon petit nom;
je n'oserais jamais me présenter là!

— Je ne vois plus qu'une ressource... J'ai

ma chambre assez grande pour nous loger
tous deux durant quelques heures; il y a une
alcôve et deux lits; vous pourrez vous y
reposer à l'aise et aussi tranquillement que
chez votre tante; la porte d'entrée de la maison donne sur un jardinet; on ne nous verra
ni entrer, ni sortir, je vous l'assure.

— Je vous remercie, monsieur Paul, vous
êtes trop bon, mais vous devez comprendre
que la chose est impossible! Jugez un peu
de ma position malheureuse si jamais un
seul mot de cette aventure s'ébruitait. Ah!
quel affreux contre-temps! qui eût jamais
cru qu'un orage conduisait si loin!

— Nini, je vous jure sur mon honneur que
vous serez dans ma chambre aussi en sûreté
que dans une cellule d'Ursulines, j'ai du reste
l'intention de veiller jusqu'au jour, j'ai quelques travaux en retard qu'il me faut livrer
demain; vous aurez la chambre à coucher
pour vous seule et n'aurez pas lieu d'être
effrayée.

— Si vous veillez, je consens à aller chez
vous, je n'entends pas dormir non plus; je
n'y songe guère, pourvu surtout qu'on n'en
sache rien... Le monde est si méchant dans
cette ville que je serais pour toujours maudite
et accablée d'opprobre.

— Nini, n'ayez aucuns soucis; je vous le
répète, et si vous avez quelque confiance en

ma parole, daignez me suivre ; dans dix minutes nous serons à l'abri et les curieux habitants du quartier n'auront plus à voir dans
la rue.

— Je vous suis, monsieur Paul, et ai confiance dans votre bonne foi.

III

Paul demeurait à l'extrémité de la ville; il s'était choisi, dans un quartier paisible, une chambre exposée au levant; devant la maison un gracieux jardin bien dessiné avec plates-bandes ornées de pâquerettes, aux corbeilles d'œillets doubles et de pensées veloutées, aux arbustes, vrais plumets panachés, aux vieux ceps de vigne courant le long des murs grisâtres et recouverts de mousse. Puis dans un coin, derrière quelques noisetiers recourbés, enlacés de liserons et d'autres fleurs grimpantes, une table et deux vieux bancs où M. Nisard, le propriétaire, venait lire tous les matins son journal en attendant le déjeuner, pendant que son estimable épouse écrasait sans relâche les chenilles velues et les hannetons bruyants.

Le respectable couple occupait le rez-de-chaussée et tout le premier étage; Paul habitait le second, où il avait trois fenêtres, et au-dessus de lui vivait une vieille fille, couturière en linge. La maison, comme on le voit, avait un aspect bien paisible. On eût dit un de ces cottages comme nos voisins d'outre-mer en bâtissent.

Paul, en sa qualité de géomètre, recevait deux fois par semaine, les jours de marché, de nombreux clients accourus de la campagne; ces visites donnaient un peu d'animation à la propriété Nisard et n'étaient pas sans plaire aux deux époux qui prenaient grand plaisir à voir passer tant de monde. Cela rompait un peu la monotonie habituelle qui les entourait. Contrairement au genre inquisiteur adopté par leurs voisins et bon nombre de rentiers de la ville, M. Nisard et son épouse s'occupaient rarement des bruits qui circulaient autour d'eux, et Paul n'avait jamais eu à se plaindre de la moindre indiscrétion de leur part. On se retournait peu sur lui; il s'absentait souvent pour son métier, rentrait parfois au milieu de la nuit, et l'on était depuis longtemps déjà habitué à son irrégularité justifiable. Aussi quand il rentra suivi de Nini, il fit si peu de bruit qu'à peine on entendit crier les marches de l'escalier. Il avait allumé un rat et pendant qu'il ouvrait la porte de son appartement, Nini put lire sur une plaque de cuivre ce nom gravé : *Paul Robert, géomètre.* Ce n'était pas un mystère, elle connaissait le nom de son hôte.

Paul avait fermé doucement la porte après avoir introduit Nini dans un cabinet de travail. Il alla aussitôt fermer les fenêtres ouvertes depuis la veille au matin, tira les rideaux épais et s'écria en souriant :

— Maintenant, mademoiselle, nous sommes en sûreté, et Argus lui-même n'a rien à voir dans cet intérieur ; veuillez vous asseoir sur ce canapé moelleux ; c'est un cadeau de ma mère, et chaque fois qu'elle vient ici elle ne manque pas de s'y reposer de longues heures pendant que je travaille à quelques-uns de ces interminables cadastres.

— Quel bonheur d'avoir une mère qui vient de temps à autre, vous dire tant de bonnes paroles et vous donner les meilleurs conseils.

— Vous avez perdu la vôtre, Nini?

— Sans la connaître, hélas! Elle est morte en me donnant le jour... Mon pauvre père, déjà vieux, paraît-il, ne lui survécut pas longtemps, et je fus recueillie par ma tante que vous connaissez ; ma première couche fut bercée entre deux cercueils. Une nourrice, que je n'ai pas revue depuis, fut chargée de m'élever jusqu'à l'âge où je pus me passer d'elle et être remise dans les bras de Mme Arnold qui me prodigua les soins les plus tendres, les caresses les plus affectueuses comme à sa fille, partie depuis pour la Nouvelle-Orléans; mais il me semble qu'une mère doit encore mieux aimer...

— C'est un amour inexprimable que celui-là, pauvre Nini; le cœur d'une mère qui s'épanche dans celui de son enfant est une source de délices qui pénètre tout son être et le comble du bonheur le plus grand et le plus vrai!

— Ah! si, comme vous, j'avais ma mère seulement, que je serais heureuse, j'irais me promener avec elle les dimanches et n'aurais pas peur de rire avec les beaux danseurs qui ne manqueraient pas de venir m'inviter.

— Mademoiselle Nini, je viens de vous rappeler un souvenir que je n'aurais jamais dû évoquer; c'est une maladresse impardonnable, et, en vous parlant de ma mère, je ne croyais pas rouvrir une plaie qui a fait saigner votre cœur droit et sensible, où les pleurs ont dû se mêler souvent aux purs sourires. Notre vie à tous a des effets de sombre couchant et des éclairs de bonheur qui se succèdent parfois trop vite malgré nous. C'est une loi que nous devons subir et accepter philosophiquement. Il y a peu de bonheur parfait et durable, et nous payons souvent de nos chaudes larmes un seul rayon de plaisir. Tel est le

8

monde ici-bas! La jeunesse, ineffable paradis,
n'est pas plus longue qu'un beau printemps...
Une voix intime nous en souffle les impéné-
trables accords, comme on semble entendre,
le soir d'un bal, de lointaines harmonies qui
font frissonner. C'est l'extase de ces fraîches
années que nous égrenons, sans nous douter
qu'elles passent si vite. Riez, Nini, n'ayez
aucune crainte... Votre tante est bonne et ne
vous grondera pas quand vous lui avouerez
plus tard que nous avons passé ensemble
quelques instants de causette amicale. Je vais
allumer ma lampe et vous demanderai la
permission de lire à la hâte ces quelques
lettres, qui me sont arrivées pendant mon
absence. Voici un charmant album de vues
choisies et de portraits de famille et d'amis;
veuillez, si cela vous agrée, le parcourir à
votre aise.

Paul s'était levé et avait saisi une lampe
qui ornait un coin de sa cheminée surchargée
d'objets bizarres, de statuettes, de pipes diverses; et, tandis qu'il l'allumait, Nini put
promener dans la chambre un long coup
d'œil et se rendre compte de l'appartement
et de son ameublement. Il y avait au milieu
une grande table haute, remplie littéralement
de rouleaux de papiers à dessins, boîtes de
couleurs, compas et autres instruments indispensables au géomètre. Sur un rayon une

longue file de gros bouquins, poudreux ; au-
dessus une paire de révolvers, des fleurets et
deux masques de salle d'armes. Près d'une
horloge antique, une imposante paire de
bottes de fatigue, puis des niveaux, des jalons
et des chaînes ; sur un secrétaire à colonnes
se trouvait placée une magnifique sphère
entre deux vases faux japon, et derrière des
piles de livres non reliés, l'indispensable pot
à tabac en terre brune. Puis, accrochées au
mur, de gracieuses lithographies et repro-
ductions de tableaux, que M. Nisard aimait
mieux à contempler que les nombreuses cartes
et plans coloriés qui masquaient la tapisserie
et les boiseries sculptées. Dans le fond de la
chambre, l'alcôve entre-bâillée laissait voir un
habillement de lit blanc et bleu, et à côté une
porte conduisant à la seconde place où Paul
logeait quelquefois sa mère quand elle venait
lui rendre visite. Somme toute, beaucoup de
confortable et peu de luxe. Un garçon vit
mal dans un boudoir quand il a des goûts
simples et des sentiments virils. Paul tenait
surtout à avoir chez lui le nécessaire. Nini
avait eu tout le temps de plonger sournoise-
ment son regard sur tous les points de la
salle, tout en fouillant et retournant les
feuilles de l'album. La lampe était maintenant
sur la table, et Paul, après avoir lu ses lettres
d'une manière très-attentive, revint s'asseoir

près de la belle Nini, dont les grands yeux fermés à demi et légèrement cernés de rose, ne suivaient plus que mélancoliquement le livre entr'ouvert ; ses joues étaient un peu pâles, et ses lèvres, toujours rouges, laissaient entendre les doux sons réguliers d'une respiration lente ; la fatigue, les émotions l'emportent sur le courage ; une lutte contre le sommeil est inégale dans de telles dispositions, et la charmante brunette sentit sa tête glisser plus lourde que du plomb le long du canapé ; Paul la reçut doucement sur son épaule et ne fit plus un mouvement, de peur d'éveiller la gentille dormeuse. Il la contempla longtemps ainsi, enivré par cette douce haleine qui l'embaumait ; jamais Nini ne lui avait semblé aussi jolie : sa tête mignonne et délicate avait des lignes fouillées ; sous ses paupières presque closes ombrées d'un duvet châtain, ses yeux brillaient encore comme deux perles blotties dans une écharpe de dentelle ; ses lèvres fines s'ouvraient aussi attrayantes qu'une pêche veloutée. Les cheveux, que les rayons de la lampe inondaient, avaient des teintes d'ébène dorée...

— O ravissante créature, murmura doucement Paul en lui donnant un baiser sur le front... O Greuse, tu ne fis jamais une tête pareille ! O Titien, ta *belle maîtresse*, ô Raphaël, ta *Fornorina*, étaient-elles plus belles ?

Mon cœur a ressenti un effet terrible; mon esprit se trouble. Tout s'efface... jusqu'à mes plus chers souvenirs. Tout disparaît jusqu'aux noms les plus chéris, et toi seule me plaît, chère Nini, ton seul nom m'impressionne. Clarisse m'est indifférente... Que m'a-t-elle fait, la pauvre fille? Elle n'était pas au bal hier, c'est vrai; elle a eu grand tort, et puis cette lettre qu'elle m'écrit... C'est fini désormais entre nous, je n'entends pas recevoir un blâme que je ne mérite pas. Je ne sais trop ce que j'éprouve à la vue de cette tête admirable, pleine d'innocence et de candeur; mais jamais je ne me sentis plus vivement remué... Un mot monte à mes lèvres, il vient du cœur et je n'ose le prononcer. Si seulement elle se réveillait, je m'enhardirais peut-être et lui avouerais tout. Mais non, elle dort comme une sainte dans sa crèche de velours... Je vais moi-même essayer de partager ce sommeil paisible...

Placé dans l'angle du canapé, il s'était à demi renversé, le derrière de la tête légèrement appuyé sur le bord du dossier; Nini avait peu bougé, et sa chevelure frôlait à peine le menton de Paul orné d'une naissante barbiche. Ils dormirent quelque temps ainsi, et la gracieuse fillette en se réveillant la première fut bien étonnée de sentir sa main droite engagée dans celle de Paul; ils s'étaient

donnés ainsi sans le savoir un premier gage
d'amitié durant leur repos. La lampe brûlait
toujours et empêchait le jour de pénétrer au
travers des rideaux; Nini, se croyant encore
dans la nuit, n'avait osé appeler Paul, et
s'était replacée comme auparavant avec les
plus grandes précautions possibles. Leurs
deux visages rayonnaient, rassérénés comme
sous le poids de rêves aimés, et ce sommeil,
si doux au début, menaçait de devenir léthar-
gique, quand un bruit violent fit réveiller le
couple en sursaut... On frappait à la porte, et
une voix déguisée criait :

— Monsieur Paul Robert, s'il vous plaît !

— Vite à l'alcôve, Nini, cachez-vous bien ;
tirez la porte sur vous, dit Paul à voix
basse.

Et il reprit d'un ton aigre et fâché :

— Qui va là ?

— C'est moi, Paul, ouvre-moi !...

— C'est Léonce !

— Tu ne m'entendais pas; il paraît que tu
dors bien...

— Tu m'as fait bien peur ! que diable viens-
tu faire si matin, quelle bonne nouvelle ?

— Je te dirai d'abord qu'il me semble que
l'on veille les morts ici : une lampe allumée,
une bougie qui s'achève, quand il fait le plus
beau soleil du monde ! Regarde plutôt... Tire
un peu tes gros rideaux, on dirait des tentures

de cérémonie funèbre; la mousseline serait
préférable et plus gaie surtout !

— Tu n'es donc pas rentré te coucher ?

— Ma foi non, figure-toi que j'ai perdu
ma clef, et pour ne pas faire un roulement
infernal avec le marteau de la porte, j'ai
pris le sage parti de monter la garde en
attendant le jour, tout en faisant d'excel-
lentes réflexions sur les causes et les suites
d'un gros orage... Ainsi, par exemple, j'allais rentrer quand j'appris que Mlle Nini, la
nièce de Mme Arnold, n'était pas réintégrée
au bercail !

— Serait-il vrai, Léonce ? fit Paul mystérieusement.

— Tu fais l'étonné comme si tu n'étais pas
complice de cette escapade. Je te sais trop
galant homme pour abandonner ainsi une
demoiselle, et si tu l'avais accompagnée
jusque chez elle, on ne parlerait pas ainsi de
son absence.

— Je ne comprends pas trop, Léonce; qui
donc a pu si matin colporter une nouvelle
aussi fausse ?

— Elle est vraie, te dis-je, et je suis venu,
s'il en est temps encore, pour réparer une
faute qui salirait à jamais la réputation de
toute une famille. Je viens de rencontrer à
l'instant une amie de Nini, qui m'a dit que
Mme Arnold était venue la trouver pour s'in-

former de sa nièce qui n'avait pas reparu à la maison depuis la veille ; l'amie, très-fine, a intelligemment répondu que Mlle Nini, retardée comme elle et beaucoup d'autres personnes de la ville par l'orage de la nuit, avait accepté l'offre qui lui fut faite par Mme Laurent, de venir partager le lit de sa fille. L'amie a promis ensuite à Mme Arnold, de l'air le moins embarrassé, qu'elle allait de suite faire éveiller les deux paresseuses et qu'elle ait à se tranquilliser sur le sort de sa nièce. Mme Arnold a paru, dit-elle, satisfaite, quoique cependant très-inquiétée. Maintenant, mon cher, tu comprendras qu'il s'agit de retrouver la colombe envolée...

Paul ne répondait pas et regardait anxieux la porte de l'alcôve qui s'ouvrit presqu'aussitôt, au grand étonnement de Léonce, et Nini, s'avançant vers les deux amis, s'écria toute tremblante :

— Ah ! monsieur Léonce, est-il possible que déjà l'on sache... Est-il vrai que ma tante est à ma recherche ? O ciel ! que vais-je devenir... Mais où est cette amie dont vous parliez ? Elle seule pourrait me tirer de cette étrange position... Oh ! je vous en prie, sauvez-moi !

— Mademoiselle, reprit Léonce sérieusement, cette amie vous attend à l'entrée de la promenade ; n'ayez aucune crainte, je m'en vais vous accompagner jusque-là. Les environs sont déserts et dans le cas où M. Nisard aurait la fantaisie de mettre le nez à la fenêtre, comme il ne nous connaît ni l'un, ni l'autre, il n'aura rien à augurer de cette visite matinale.

— Merci mille fois, mon cher Léonce, ajouta Paul, je vois une fois de plus que nos deux âmes sont sœurs; reviens aussitôt que tu le pourras, mon cœur a besoin de se soulager.

Ils étaient déjà dans l'escalier, descendant les larges marches avec précaution. Paul avait tiré les rideaux et ouvert discrètement une fenêtre. Le soleil rouge comme un brasier sortait d'un épais nuage grisâtre qui bordait en demi-cercle l'horizon lointain. Le sable du jardin cria quelques instants. Les oiseaux entonnèrent les premiers chants du jour en se jouant parmi les arbres. Les hirondelles passèrent comme des flèches sillonnant les cieux, et Paul, tout rêveur, essuya deux grosses larmes en se laissant tomber dans son canapé, qu'il avait tourné vers la fenêtre pour mieux aspirer l'air pur et frais qui pénétrait dans sa chambre.

Comme Léonce l'avait promis à son ami, il revint aussitôt qu'il eut accompagné la pauvre Nini, très-inquiète, auprès de sa camarade, et qu'il se fût assuré que personne

n'avait donné signe de vie dans le quartier
paisible. A vrai dire, il n'était pas encore
l'heure; la maison Nisard, comme les maisons voisines, très-silencieuses, ne renaissait
à la vie que bien tard dans la matinée, et un
bruit passager ne suffisait pas pour donner
l'éveil.

Quand Léonce reparut dans la chambre de
Paul, il le trouva à demi-renversé dans son
canapé, et tenant à la main un pli décacheté,
qu'il méditait sans doute après lecture; ses
yeux humides et fatigués fixaient difficilement
le jour éclatant, comme s'ils en eussent craint
la pureté et l'éblouissante splendeur; son
front paraissait plus sombre que jamais, et
ses lèvres n'engageaient pas beaucoup Léonce
à entamer la conversation; il n'eut pas cette
peine. Paul rompit le premier la glace, et,
d'un air décidé, lui dit:

— L'aventure se termine au mieux; je
n'en suis vraiment pas fâché; les suites de
cette simple escapade, comme tu dis, prenaient une tournure inquiétante; je ne sais
trop comment je me serais tiré de ce mauvais
pas, si tu n'étais arrivé! je me serais repro-
ché toute ma vie de n'avoir pu dégager la
charmante Nini, des soupçons accusateurs
du public; maintenant qu'elle est en sûreté,
nous pouvons causer quelque temps et nous
communiquer nos petites confidences; je pré-

sume que tu as du nouveau à m'apprendre ;
je ne sais à quoi m'en tenir sur ta longue
disparition d'hier avec cette personne que tu
sembles connaître de vieille date. Tu m'avais
annoncé, en allant au Tivoli, l'arrivée d'une
jeune fille, du nom de Marthe... Je m'ima-
gine bien que si elle est venue au bal, ce
que j'ignore, tu n'as pu aller au-devant d'elle,
et par comble, Blanche et Clarisse, toujours
si ponctuelles au rendez-vous, se sont abste-
nues de courir à Belair; tout cela sent fort
le mystère, et puis, cette nuit peut avoir de
singulières conséquences.

— Paul, si la nuit porte conseil, nous en
ferons notre profit... Mais, je t'en prie, quitte
ton air un peu soucieux ; il n'y a pas de l'eau
jusqu'au cou, et avant d'entrer dans de longs
et peu intéressants détails, je t'annoncerai
que nous déjeunons en ville aujourd'hui, en
compagnie de l'inconnue!

— Au *Cœur-d'Or.*

— Parfaitement, j'ai tout fait commander;
nous y serons traités en princes, et si tu peux
disposer de ta journée, nous rirons bien; le
temps est superbe pour une promenade en
canot... qu'en dis-tu?

— Accepté; je suis à toi... Ma besogne est
au courant. Un jour de liberté est si doux à
prendre que je me sens disposé d'avance à
en profiter largement. C'est lundi, les clients

viennent peu aujourd'hui; nous allons fermer nos bureaux pour cause de travaux extérieurs, et tout est dit! A propos; j'oubliais de te faire part d'une lettre que j'ai reçue hier pendant mon absence; c'est une demande en séparation d'amour; nous ne sommes plus en odeur de sainteté auprès de nos belles; il s'est opéré un changement subit, une sorte de mouvement tournant que nous sommes à même d'éviter en brisant le plus tôt possible ces relations dont la fin n'est pas toujours un dénoûment à souhait; il se présente, profitons-en!

— Puisque l'occasion nous saisit, ne la lâchons pas, et agissons surtout...

— Léonce, il me semble que c'est un peu tôt, attendons jusqu'à demain, à un jour près; il faut savoir aussi si, de ton côté, tu as reçu pareille missive. Quant à moi, je ne reculerai pas devant la décision que j'ai prise, de tout terminer; je suis, plus que jamais, décidé à redevenir indépendant!

— Et moi donc, mon cher, depuis que j'ai retrouvé ma superbe Mina, bien changée à son avantage, elle ne fut pas plus jolie; autrefois je l'aimais, et maintenant j'en raffole; il me tarde de la revoir ce matin. Tu verras comme elle est charmante et joyeuse! Ce n'est qu'un sourire! et puis, elle chante à ravir...

— Comment, cette inconnue, c'est elle...
cette Mina dont tu m'as tant causé...

— Elle-même, que j'ai eu assez de mal de
reconnaître hier soir, tant elle m'a surpris...
Je savais qu'elle devait venir; elle me l'avait
écrit plusieurs fois déjà, et des empêchements
étaient toujours survenus malencontreuse-
ment. Enfin, avant-hier, une dernière lettre
m'arrivait, m'annonçant son prochain départ
de Paris; je ne pouvais présumer qu'il fût si
tôt, et, hier, tout en causant, je ne pus résister
au désir que j'avais de te faire un demi-aveu,
en me servant du nom de Marthe. Un souvenir en amène un autre, et c'est précisément
ce qui me fit rappeler, hélas! qu'autrefois
j'avais souvent confondu ces deux noms de
Marthe et de Mina, tant la ressemblance me
paraissait parfaite entre ces deux jeunes filles.
J'avais revu les traits de Marthe, enfant bien
embellis, il est vrai, dans ceux de Mina,
jeune fille, mais si frappants, que tout le
monde s'y fût trompé. Mon erreur dura longtemps, et dans ce fol égarement, je m'obstinai
de plus en plus à ne voir dans Mina que la
Marthe d'autrefois : Mina me semblait la
copie en grand d'une miniature adorable!
Ai-je souffert dans cette alternative: ne sa-
chant trop si je devais aimer ma maîtresse
pour elle-même, ou en souvenir de la fillette
que je n'avais pu oublier, quoique ne l'ayant

jamais revue depuis les premières années que
je passais au collége. Juge un peu de mon
aveuglement étrange et presqu'inexplicable,
quand je voulus que Mina s'appelât Marthe...
La pauvre fille en pleura si chaudement que
je dus renoncer à mon entêtement et ne plus
jamais parler devant elle de sa rivale imagi-
naire. Ne l'était-elle pas en effet? N'était-ce
pas folie d'avouer une passion semblable?
J'ai longtemps cherché à analyser ce sentiment bizarre en me faisant violence; je ne
sondais rien; j'appréciais encore moins; je
me souvenais, voilà tout, et mon cœur bon-
dissait toujours gonflé par la joie ou meurtri
par les larmes. Mina chercha longtemps à
me distraire du cauchemar qui m'obsédait,
en me donnant toute son amitié et son amour;
elle ne réussit pas. Mais un jour, las enfin de
souffrir, je m'enhardis et pris le parti de découvrir la retraite où la mère de Marthe
s'était retirée; chaque fois que j'avais demandé de ses nouvelles à mon père, il m'avait
toujours été répondu qu'on ne savait pas où
elle était allée; qu'elle avait quitté le pays un
été et n'avait plus reparu; qu'elle était probablement chez une de ses parentes habitant
l'Auvergne, et bien d'autres réponses aussi
évasives que je passe sous silence. Cela m'é-
tonnait beaucoup et ne contribuait pas peu à
piquer ma curiosité. Après la mort de mon

père, qui survint durant la première année de mon séjour à Paris, ma fortune ayant été remise entre les mains de mon oncle qui était déjà mon tuteur depuis près de dix ans, époque où ma pauvre mère nous avait dit un éternel adieu, je résolus de poursuivre plus loin mes recherches. Je négligeais même quelque temps mes études; j'écrivis lettre sur lettre à mon oncle, qui ne daigna même pas m'honorer d'une réponse. J'étais outré et à bout de toute patience, quand un jour je fis part de mon étonnement à mon correspondant de Paris; il prit la peine de m'entendre et me promit de s'occuper de mon affaire. Je ne sais trop comment il la mena; mais ce qui me parut le moins clair, c'est que tout était encore plus embrouillé que par le passé; je n'en parlai plus et aujourd'hui j'ignore encore ce que Marthe et sa mère sont devenues.

— C'est une chose singulière, Léonce, et je présume qu'il devait y avoir quelques graves motifs pour agir ainsi à ton égard. Si seulement tu connaissais le véritable nom de la mère de Marthe, il serait sans doute facile de mener tes recherches à bonne fin. Marthe est peut-être orpheline elle-même... qui le sait!

— Si seulement il m'était donné de la revoir un jour, dans quelque position que ce fût, un instant, le temps de la considérer et

de lui dire : vous souvient-il qu'enfant nous
avons dansé ensemble au jardin *des Lilas*,
sous les yeux de nos parents, heureux de
nous voir si gais et si joueurs, sous les grandes
allées à perte de vue... si nos regards se rencontraient alors sans oser se quitter; tiens,
Paul, je donnerais ce que j'ai de plus précieux
au monde, ma vie, pour quelques instants de
ce bonheur inespéré. Souvent, il m'est bien
arrivé de réfléchir mûrement et de me croire
capable de tout oublier, sans regret ; ce n'était
là que du courage éphémère, un élan qui durait peu, surtout du jour où je trouvais la
photographie de Marthe dans les papiers secrets de mon père ; elle se détacha d'un paquet
de lettres ficelé et étiqueté avec ces mots,
écrits en gros caractères, de la main même
de l'auteur de mes jours : « Ces lettres ne
devront être lues de personne ; si elles tombent dans les mains de mon fils, il voudra
bien les détruire entièrement. » J'obéis à cet
ordre, et, durant quelques minutes, je suivis
dans la cheminée une épaisse fumée, puis la
flamme claire mordant les chenets et fuyant
comme un follet... Et longtemps j'admirais
la jolie photographie de Marthe. Elle n'était
plus l'enfant s'ébattant vive et parfois mutine;
elle devait avoir de treize à quatorze ans;
l'air un peu sérieux peut-être ; mais c'était
toujours bien elle ! et depuis que j'ai découvert

cette trouvaille, j'en ai fait une relique qui ne me quitte jamais.

Comme Léonce achevait cette dernière phrase, il tirait son portefeuille, l'ouvrait à la hâte et en tirait la photographie qu'il présentait à Paul, en lui disant :

— Regarde-la bien et tu me diras si tu n'as pas connu une jeune fille lui ressemblant.

Paul fixait attentivement, éloignant, rapprochant, regardant en tous sens la photographie, légèrement brouillée, puis se passait la main sur le front comme s'il se fût agi de faire appel à sa mémoire ; mais ses yeux ne quittaient pas la gracieuse tête de Marthe. Léonce l'observait attentivement, fouillant chaque ligne de son visage, où le rouge montait depuis quelques instants... Il avait rarement remarqué autant de couleur sur les joues de son ami, et, tout en marchant dans la chambre d'un air très-préoccupé, il ne cessait d'analyser les moindres mouvements et les plus petites contractions que Paul s'efforçait de combattre, mais en vain ; son agitation, de plus en plus visible, le trahissait... Léonce ne put y tenir plus longtemps, quand il lui dit :

— Eh bien ! que penses-tu de cette beauté admirable ?

— Je ne puis rien en dire, Léonce, la description d'une beauté aussi parfaite se passe de commentaires; je ne m'étonne plus à présent de l'amour qu'elle t'a inspiré. Je n'ai pas vu encore le pendant à cette tête inimitable; cependant, tout-à-l'heure, malgré moi, je ne sais par quelle singulière disposition de l'esprit, il me vint à l'idée d'établir non une comparaison qui serait peu parfaite du reste, mais de faire un rapprochement possible entre Marthe et une jeune fille que j'ai connue également, il y a quelques années, quand je demeurais en Lorraine avec ma mère. Ses yeux étaient moins expressifs, ses lèvres moins fines, ses cheveux moins ondoyants, mais elle avait un peu de toutes ces qualités indispensables qui font idéaliser l'amour. Son air était plus sérieux, son maintien plus raide, son allure plus timide, mais elle plaisait tant avec tous ces petits défauts, que je ne doute pas aujourd'hui qu'elle soit une personne parfaite.

— Tu ne l'as pas revue, sans doute, non plus, continua Léonce qui replaçait la photographie dans le portefeuille; nous en sommes tous là, les jeunes gens, nous courons, nous bouleversons, nous brisons, puis un jour nous regrettons fort d'avoir été si loin quand nous pouvions trouver mieux sans nous déranger... Mais, tiens, Paul, trève de ces confidences un peu sentimentales! si tu veux m'en croire,

laissons nos rêveries cousues de fil blanc et
changeons complétement de thèse et d'argu-
ment... Nous allons faire un brin de toilette ;
c'est un point essentiel pour être entièrement
libre et passer sans trop être remarqué devant
cette galerie de badauds que nous devrons
franchir bientôt ; je m'en vais te laisser pour
aller jusque chez moi, où je t'attendrai le
plus tôt possible. Ne perdons pas de temps et
profitons de cette journée superbe. Après
tout, la jeunesse passe vite et je ne vois pas
pourquoi nous vieillirions avant l'heure !...
Sans adieu !

— A bientôt ! reprit Paul, qui referma la
porte sur son ami et se mit de suite à préparer
sa toilette, en fredonnant le premier couplet
de la *Ronde de la vie de Bohême :*

> Notre avenir doit éclore
> Au soleil de nos vingt ans !

. . . .

Oui, s'écria-t-il après avoir chanté la première
stance, il est vrai de le dire : la jeunesse n'a
qu'un temps ! Passer une nuit blanche et doubler un dimanche aussi rempli d'émotions
diverses n'est pas coutume... Nous avons
toujours le temps de suivre la traditionnelle
existence des bienheureux bourgeois, plus méthodiques et plus réglés que leurs pendules.
Aujourd'hui le soleil sera l'horloge étince-
lante où se marqueront les heures légères

fuyant sans merci sur le cadran de la joie, comme dirait Léonce; je vois tout en beau ce matin et quoique mon ami m'ait paru quelque temps atteint d'une monomanie nouvelle, je pense que la journée nous réserve un charme sans pareil! Mais j'ai une idée, tiens, si j'écrivais à Clarisse, le moment est favorable, je suis en verve; je vais lui adresser une épître assaisonnée comme elle en reçut rarement. Sa lettre est blessante et mordante même; elle me traite d'épithètes fort peu gracieuses et pourtant en dernier elle me dit : « Je t'embrasse; mon Paul chéri. » C'est d'une anomalie, d'un non-sens! Fi de cette comédie! C'est un ballon d'essai, un coup monté sans doute; je n'entends pas donner dans le panneau! Non, mademoiselle; vous avez usé d'une ruse qui ne vous sied pas; on vous a mal conseillée; il fallait venir au bal, vous expliquer vous-même, et l'absolution commune eût été accordée de grand cœur. Il est trop tard à présent; j'ai totalement changé d'idée; je ne suis plus le Paul toujours pardonnant et cédant à tous vos caprices, les rôles sont changés; oui, belle boudeuse, nous verrons bien qui rira le dernier. Vous avez cru entièrement me posséder en m'obligeant à subir vos fantaisies; je ne m'y prêterai plus, c'en est assez! Dorénavant vous serez pour moi une belle inconnue, que l'on regarde furtive-

ment en passant ; oui, Clarisse, voilà où votre
lettre sotte et prétentieuse vous conduit. Je
vais y répondre et ne vous mâcherai pas les
mots. Cependant il serait bon de relire encore
une fois cette longue série de griefs qui me
sont imputés ; jamais on a accusé plus à faux
un honnête garçon. Lisons surtout lentement
et pesons chaque phrase : « Mon cher Paul, »
tiens j'avais lu : « Monsieur Paul. » Conti-
nuons : « Me pardonneras-tu de ne pouvoir
» me rendre, comme je te l'avais promis, à
» Belair, aujourd'hui, pour la fête du soir ;
» il nous est arrivé un surcroît de besogne et
» nous ne pourrons quitter l'atelier que très-
» tard. Amuse-toi bien ; celle qui t'aime et
» t'embrasse de cœur. » C'est trop fort ! que
viens-je de lire, ai-je perdu la tête cette nuit ?
J'ai pourtant... j'en suis certain... oui, j'ai lu
autre chose que ces quelques lignes. Le diable
se mêle de la partie ; voyons, cherchons bien,
fouillons chaque poche ; où est ce pli que je
venais de déployer comme Léonce entrait
tout-à-l'heure. Je ne le trouve pas, l'aurai-je
laissé tomber sous le fauteuil ; cherchons
encore... Ah ! le voilà, je l'avais serré dans une
poche de mon veston. C'est bien cette lettre
que j'ai parcourue à la lueur de la lampe.
Elle commence par « Monsieur Paul » celle-
là... Mais quoi, cette écriture... n'est pas la
sienne ; on a voulu l'imiter... C'est affreux !

quoi, venir trahir une brave fille qui vous aime. Je saurai qui a commis cet acte déloyal ; je fais vœu de découvrir l'auteur de cette manœuvre perfide. Pauvre Clarisse, moi qui allais peut-être te briser le cœur et t'arracher des larmes quand tu es innocente ! j'allais t'accuser sans preuves et te repousser comme une courtisane dont on veut éviter le brûlant baiser qui altère et les caresses qui étouffent ; non, je ne le ferai pas et si je dois un jour entièrement rompre nos relations, nous nous quitterons commandés par le devoir et la raison, mais sans violence et sans haine, comme se séparent deux amis pour aller chacun de son côté. Car enfin, après tout, il faudrait avoir un cœur plus dur que le granit pour briser froidement avec une jeune fille qui s'est donnée à vous non par calcul et intérêt, mais par amour. Nous ne pouvons pourtant vivre éternellement ainsi, et quoique l'habitude cimente fortement l'attachement, l'heure fatale sonnera et j'appréhende de l'entendre. Mais assez de ce monologue, il m'est arrivé rarement de prolonger un semblable soliloque ; tout-à-l'heure Léonce va tempêter en m'attendant ; vite, mettons-nous à l'œuvre, il en est temps...

Sa toilette, habituellement, était vite faite ; en moins d'un quart d'heure il fut complétement rechangé et descendait presqu'à la

hâte ses deux étages, non sans remarquer si
tout reposait encore autour de lui. En traver-
sant le jardin, comme il se retournait vers la
maison, il aperçut à la fenêtre du troisième
la figure parcheminée de sa voisine, la vieille
couturière qui arrosait son réséda chétif, pour
se donner une contenance. Elle était en ob-
servation; ses grands yeux pâles et éteints
ne s'attachaient pas qu'aux fleurs et fouillaient
en tous sens la promenade. Paul fit semblant
de ne pas la voir et sortit. En passant sur la
place des Halles, où déjà les magasins éta-
laient leurs marchandises, il ne put résister
à une sorte d'attraction qui l'attirait vers la
devanture de la maison Arnold. Nini était au
comptoir et paraissait très-occupée autour de
boîtes de rubans qu'elle rangeait soigneusement. Ses beaux yeux fatigués n'en étaient
que plus jolis, sous leurs paupières légèrement
cernées de rose, quand elle jeta un regard
furtif sur la place. Paul, en ce moment, avançait sur le trottoir, de l'air le plus sérieux
qu'on lui connaissait; ce maintien l'aban-
donna vite... Trop impressionnable pour dis-
simuler la plus petite émotion qu'il éprouvait,
il se sentit fléchir quand il vit la superbe
danseuse rougir plus que jamais, sans oser
relever la tête qu'elle tenait inclinée sur son
ouvrage. Il la contempla une minute en ra-
lentissant le pas; puis il reprit sa marche

ordinaire, plutôt sa course, nous devrions
dire, en véritable géomètre habitué à dévorer
les distances. Léonce l'attendait avec impa-
tience ; quand il l'aperçut, arpentant les pavés
bleus de la rue, il ne lui laissa pas le temps
de grimper l'escalier; il le saisit par le bras,
et, lui faisant faire volte-face, ils se dirigèrent
vers la Grand'Place.

IV

— Moi, je vous dis que l'une d'elles avait une robe verte...

— Nenni, ma chère, vous n'avez pas bien vu!

— Pardienne! on voit aussi clair que vous, mère Harteau; on n'est pas myope, je suppose.

— Ma foi, on le croirait assez, mère Pigot, quand on veut voir quand même du vert où personne n'y voit goutte, c'est plus fort que de croire à certains miracles de nos jours.

— Il n'y a rien de miraculeux là-dedans, madame, il me semble qu'il faisait assez clair pour tout distinguer devant la porte du libraire. Demandez plutôt à M. Delorme ce qu'il a dit à sa poulotte; tout le quartier l'a entendu.

11

— M. Delorme parle beaucoup sans connaître ; moi je cause quand j'ai vu, de mes propres yeux vu, comme dit maître Béchard.

— Ah ! votre Béchard, un pharmacien, un homme très-distrait qui a toujours l'air de fixer la lune avec ses grosses lunettes ; s'il voyait plus clair... Vous savez ce que parler veut dire ! Eh bien ! mieux lui en profiterait ; il ne voit seulement pas ce qui se passe chez lui...

— Vous médisez, voisine, nous n'en sommes pas sur ce chapitre-là... C'est une couleur comme une autre pour changer de conversation. J'en reviens à mes moutons, madame Pigot, et je vous assure que cette nuit, quand je me mis à la fenêtre, je ne découvris pas plus de robe verte que d'étoiles au ciel ; mon mari qui aperçoit bien les grosses araignées qui logent dans le clocher n'a pu se rendre compte de la couleur exacte de cette robe. La nuit tout change et le plus malin y est pris.

— Vous voulez toujours avoir raison, vous !

— Quand j'ai tort, je l'avoue.

— Oui, c'est comme hier, dans la soirée ; vous prétendiez que nous n'aurions pas une goutte d'eau, que l'orage filait en Belgique... Que vous aviez vu ça à votre capucin qui s'obstinait à rester immobile ! que vous sentiez ça à vos douleurs, etc.; enfin, vous nous en avez débité tout un chapelet, et l'orage est arrivé pourtant!

— Ne vous emportez pas, chères voisines, reprit une troisième interlocutrice qui venait de faire irruption sur le pavé et commençait à balayer, nous saurons le fond de cette grave affaire; j'en sais déjà long; ma laitière et la couturière Jenny qui demeure chez les Nisard m'en ont plus appris que je ne voulais en entendre.

— J'en étais sûre, moi, y êtes-vous maintenant, mère Harteau?

— Pas du tout, je ne sais pas quelle portée peuvent avoir les paroles de Mme Leclerc, cette histoire est impénétrable et je défie bien qu'on m'en explique un traître mot.

— Incrédule, va... si Mme Leclerc voulait, elle vous confondrait à l'instant!

— Voisines, j'aime peu à garder un secret, mais quand il s'agit d'une réputation à ternir, je me mords la langue sept fois avant de causer et même je me rappelle qu'un jour je me l'étais tant mordue qu'à la fin j'avais oublié ce que je voulais dire... Mais aujourd'hui l'affaire qui nous occupe a une tournure exceptionnelle... On parle d'une personne de notre sexe égarée, perdue, peut-être enlevée!...

— Ciel! un enlèvement dans notre paisible

ville. Prenons garde à nous, mère Pigot,
qu'en diraient nos maris?

— A notre âge, voisine, on est garanti, et
et je crois même que le plus violent orage ne
nous enlèverait pas bien haut..

— Il s'agit sans doute d'une jeune personne?

— Très-jeune, voisines!

— Jeune, belle et inconséquente, bien sûr!

— Peut-être une veuve inconsolée?

— Non, voisines, vous n'y êtes pas. Cherchez un peu dans les environs de la rue
Neuve, dans quelque angle de la place des
Halles, par exemple... Vous y trouverez en
comptant juste...

— Nous y trouverons une, deux, trois,
quatre et cinq...

— Six, madame Harteau, j'ai compté sur
mes doigts...

— Soit, nous trouvons donc six familles
dont une est affligée d'une terrible soustrac-
tion; ce n'est pas chez les Julien : ces vieilles
demoiselles sont hors d'âge; chez les Philippe,
la mère ne quitte jamais ses deux grandes
filles; elle en a toujours une de chaque côté;
les enlever serait vouloir déplacer Notre-
Dame... Si nous exceptons, de plus, trois
familles que vous connaissez pour demeurer
entièrement éloignées du monde, où les
dames vivent en bénédictines, nous ne trou-

vous donc plus sur les six que Mme veuve Arnold et sa · nièce, sauf erreurs et omissions... N'est-ce pas, madame Leclerc?

— Voisine, vous chauffez, reprit-elle en souriant.

— J'ai aperçu ce matin Mme Arnold; elle avait l'air soucieux !

— Eh bien! moi, j'ai parlé à Nini, mère Pigot; elle était très-gaie et allait essayer une charmante robe rose et rien ne peut donc faire supposer que, elle ou sa tante, ait été enlevée...

— Nous sommes dépistées, madame Leclerc, aidez-nous un peu; vous nous avez mis l'eau à la bouche; dites-nous au moins un ou deux mots encore sur cet étrange enlèvement?

— Je regrette beaucoup, chères et tendres voisines, mon mari m'appelle, nous remettrons la suite au prochain numéro.

— Au diable, les maris! Nous allions tout savoir; si Pigot venait ainsi me déranger, je vous promets qu'il serait bientôt rebiffé; les hommes sont encore plus curieux que nous, ce qui n'est pas peu dire, entre parenthèses, et quand nous bavardons entre voisines, ils leur tardent beaucoup d'être au courant de nos petites chroniques si variées...

— On n'est guère matineux dans le quartier, aujourd'hui; presque toutes les fenêtres

sont fermées... Monsieur Delormo n'est pas
levé, quel dommage! Nous ne ferions pas
mal, voisine, d'aller faire un tour de cuisine,
en attendant.

— Oui, je suis de votre avis, la ville est
si déserte qu'on la croirait inhabitée; nous
nous reverrons plus tard entre neuf et dix
heures.

Les deux commères étaient à peine dispa-
rues chacune dans son corridor que plusieurs
rez-de-chaussée faisaient leur ouverture; les
volets se déployaient, puis, vivement re-
pliés, rendaient la vie à toutes ces demeures
à l'aspect réellement triste. Les magasins
s'ouvraient un à un; leurs vitrines étincelaient
au soleil. Les stores se levaient par enchantement à tous les étages. L'hôtel du *Cœur-
d'Or* n'attendait plus que des clients; quelques lourdes voitures de maraîchers roulaient
sur la Grand'Place. Franz, le libraire, épous-
setait ses bouquins, casait ses brochures et
les caressait avec tout l'amour du métier. De
petits chats grassouillets s'étiraient... De jolis chiens gâtés, bien peignés, s'élançaient
en aboyant de joie dans toutes les directions.
Tous les voisins se souhaitaient gaiement le
bonjour en parlant des incidents de la nuit...
Le sansonnet de maître Béchard commençait
son grand air varié de huit notes que le luthier
appelle un *deusse-quatre* de douze heures... La

bonne madame Delorme écrasait sous ses doigts nerveux, les touches de son vieux clavecin : histoire de faire enrager l'insupportable oiseau d'en face... M. Harteau, en sa qualité de trombone de la société harmonique, exécutait dans son grenier ses morceaux les plus sonores et ses points d'orgue de plusieurs pauses, tout simplement pour faire bisquer un petit clerc de notaire qui s'obstine à jouer sur la flûte, tous les matins, sa grande fantaisie sur *Lucie de Lammermoor*... Puis au bout de la rue un vieux monsieur *guitarophobe* renommé râclait l'éternelle retraite espagnole aux grands applaudissements d'une honnête rentière qui a horreur du piano et de tous les instruments à vent inventés depuis Josué jusqu'à Sax inclusivement. Enfin chacun avait repris ses plus chères occupations : les uns, leurs travaux journaliers ; les autres, et c'est le plus grand nombre à C..., s'étaient livrés à différentes distractions et délassements variés à l'infini.

M. Delorme, pétillant d'esprit, alerte, ayant toujours le mot pour rire, s'était déjà mis en campagne à la recherche de quelques nouvelles à sensation qui font rompre le calme plat et délier les langues paresseuses. Son plan, largement conçu, lui promettait réussite. Flâner sans but est la plus ennuyante position que puisse prendre un rentier.

L'uniformité est le ver rongeur d'une imagination active qui désire pénétrer le domaine
de l'inconnu. M. Delorme était taillé pour
suivre un tout autre courant, et quand son
épouse lui disait : « Ami, iras-tu me glaner
un frais bouquet des faits du jour et des propos de ville? » il se mettait en route, armé
de sa parfaite prud'homie et rentrait rarement
à la maison les mains vides. Il eut fait un bon
limier amateur et était le plus parfait des
conseillers municipaux ; aussi avait-il obtenu
au dernier scrutin une majorité *écrasante*
dont il avait lieu d'être flatté...

Sa première visite fut, ce matin-là, pour
son bon vieil ami Franz, philologue distingué
autant que bibliophile érudit, charmant
homme au fond et s'occupant fort peu des
choses mondaines en dehors de son métier et
de ses études.

— Bonjour, Franz, lui dit-il en lui serrant
cordialement la main, comment vas-tu donc
aujourd'hui?

— Parfaitement, mon ami, et toi-même?

— On ne peut mieux, quoique peut-être
légèrement fatigué, ma femme était très-
indisposée cette nuit ; l'orage fut terrible !

— Oui, terrible, en effet! mais je t'avouerai
qu'il m'a beaucoup plu ; j'étais en train d'a-
chever un travail et je n'ai pas pensé à me
mettre au lit ; ce grondement formidable de

la foudre me tenant éveillé, j'ai pu terminer ma tâche comme l'orage touchait à sa fin.

— J'ai remarqué que tu travaillais même longtemps après; on eût dit que les gens du quartier avaient reçu le même mot d'ordre pour s'éveiller ainsi tous ensemble.

— Panurge n'est pas mort pour la rue Neuve... L'esprit d'imitation n'y fait jamais défaut.

— Dis donc plutôt que la curiosité est fille du bon bourgeois qui l'adule par-dessus tout.

— Oui, mon cher Delorme, chacun juge les choses à son point de vue. L'homme qui pense profondément observe parfois en analyste un fait qui lui tombe sous les yeux, mais il n'en développe pas instantanément l'action. Il semble laisser ce soin superflu au souvenir qu'il rappelle dans un temps donné. L'être frivole, au contraire, grandit le fait, centuple l'atome et se crée ainsi une soif de désirs d'autant plus pressante qu'elle n'est qu'imparfaitement assouvie. La raison faible chez lui a besoin d'images réalistes ou violentes. Le voile qui recouvre un tableau de maître en fait désirer l'exposition à l'amateur intelligent; l'homme vulgaire ne s'attachera qu'aux toiles obscènes.

— J'ai toujours aimé, Franz, ces principes que tu émets souvent, quoique ne partageant pas entièrement la manière de voir. Tu ne

me feras cependant pas un crime de croire
que tout sérieux que soit un savant, il ne se
livre à ses heures à des réflexions mordantes
et humoristiques sur les vicissitudes de ce
bas monde. Cela repose son esprit fatigué et
lui rend de nouvelles forces... Ainsi, toi, entr'autres, quand tu demeures de longues
heures derrière les vitres de ton bureau, les
yeux fixés sur la rue et la place, où circulent
de nombreux passants, tu m'avoueras que tu
n'es pas insensible devant ce brouhaha, surtout quand viennent à passer quelques femmes
charmantes et des jeunes filles à toilettes
excentriques dans le genre de cette adorable
créature qui nous regarde si doucereusement
depuis quelques minutes.

— Tu remarques tout, Delorme; tu as toujours les yeux de quinze ans; sans toi je
n'eusse pas pensé de sitôt à jeter un regard
vers le balcon si bien orné de l'hôtel. Cette
jeune étrangère est sans doute arrivée la
nuit, car hier sa chambre était occupée par
une sorte de duègne à moustaches, qui me fit
bien rire; on eût dit un cuirassier habillé en
révérente!

— Et cette demoiselle-là me fait l'effet
d'un jeune sous-lieutenant qui a revêtu les
effets de sa maîtresse; regarde comme elle
roule bien une cigarette, s'y entend-elle?

— Mieux que nous, mon bon, vieux soldats

de plomb que nous sommes; le siècle nous devance et nous laisse en arrière comme des réfractaires... Que veux-tu? à chacun son jour... Si seulement nous avions trente ans de moins... hein !

— Quoi, monsieur le savant, une réminiscence! Vous, si docte et si sage, une robe verte vous fait-elle encore tant d'effet!

— Delorme, le cœur est toujours jeune si notre corps marche en raison inverse. La science retrempe l'intelligence comme l'amour donne sa véritable vie à l'âme. Ne sommes-nous pas nés pour aimer?

— Oui, Franz, et le plus longtemps possible; c'est mon avis. Mais, tiens, voilà deux clients qui t'arrivent; je m'en vais te laisser et continuer ma course. J'ai plusieurs visites à rendre par là.

— Delorme, voyons, tu attendras bien un peu; nous avons à peine causé aujourd'hui. Prends un siège et feuillette ces brochures nouvelles pendant que je servirai ces messieurs..... Que désire monsieur Paul Robert, reprit-il en s'adressant au nouvel arrivant, accompagné de son ami Léonce.

Tous deux étaient en toilette du matin : pantalon large, veston fermé au col et large chapeau de paille. Léonce allumait gaillardement un modeste cigare, tout en lorgnant de son mieux la dame du balcon, sa compagne

de la nuit, qui dirigeait de son côté ses grands
yeux, maintenant pleins de feu, et M. Delorme était là qui regardait reluire ces dia-
mants, malgré l'éclipse que Léonce s'efforçait
de faire entre lui et ces deux étoiles étincelantes; l'opaque bourgeois s'effaçait dans la
pénombre. La dame s'était retirée; Léonce
regarda encore quelques minutes dans la
rue, puis murmura soudain en avançant vers
le comptoir, où l'ami de M. Franz faisait
semblant de lire et lui dit d'un air enjoué:

— Vous voilà à votre affaire, monsieur
Delorme, vous avez sous les yeux toutes les
nouveautés littéraires, de véritables bijoux
typographiques édités par Lemerre, Michel
Lévy, Pagnerre et *tutti quanti*, toute une
collection de nos meilleurs contemporains.

— Oui, monsieur Léonce, je viens justement de tomber sur le *Harem d'Hervilly*, et je
puis avouer que si l'auteur eût rencontré la
perle que vous étiez en train d'admirer, il
n'aurait pas manqué de la placer dans son
écrin.

— Cette perle est d'une eau tellement
transparente qu'elle en est invisible à l'œil
nu ; je ne sais franchement où vous la placez.

— Cette dame du balcon, que vous contem-
pliez à l'instant !

— Ma foi, monsieur Delorme, reprit sour-
noisement Léonce, vous me faites regretter

de ne pas l'avoir assez remarquée... Ma pensée n'était pas là, je vous assure.

— Elle errait sans doute vers quelque sphère élyséenne ?

— Encore moins !

— Léonce, je suis à toi, dit Paul en se rapprochant de son ami; je suis servi, j'ai terminé mes achats; nous allons, à présent, faire notre course.

Et se retournant vers le libraire qui l'accompagnait, il reprit :

— Ah ! ça, monsieur Franz, n'oubliez pas surtout mon papier chiffré, je compte sur votre parole.

Les deux amis se dirigeaient tranquillement, de l'air le plus sérieux, vers le trottoir tournant et formant le coin de l'hôtel. De cet endroit on ne pouvait être vu de chez le libraire. Paul, chargé de rouleaux de papiers et de cartons, avait du reste toute l'attitude désirable pour ne pas éveiller le moindre soupçon. M. Delorme, malgré sa perspicacité habituelle, ne put trouver un seul mot à dire à son ami sur les jeunes gens qui lui avaient beaucoup plu ainsi. Il se retourna peu sur eux quand il quitta la librairie pour continuer sa promenade. La petite porte du *Cœur-d'Or* s'était ouverte comme par enchantement à leur approche, et une voix, aux notes de cristal, leur cria :

— Par ici, montez vite, messieurs, l'on
vous attend.

L'hôtel où venaient de pénétrer les insépa-
rables amis était convenablement tenu par le
sieur Jacques Raymond, ancien cocher, qui
était parvenu à force de patience et de travail
à se créer une modeste position; sa femme,
en qualité de cuisinière, l'avait secondé admi-
rablement... La clientèle ne manquait pas;
voyageurs de commerce et marchands y descendaient de préférence. On y était chez soi,
très à l'aise, et, ce qui vaut mieux encore, on
y déjeunait comme nulle part. Le *Cœur-d'Or*
avait usurpé le titre d'hôtel depuis l'inaugu-
ration de la voie ferrée; autrefois ce n'était
qu'une grosse auberge d'apparence moins
confortable. Les fenêtres grillées en différents
endroits étaient de plus flanquées de lourds
et épais volets peints en vert comme la porte
massive s'ouvrant à deux battants pour laisser
passer conducteurs et chevaux. La malle qui
se rendait de Verdun à Lille relayait là.
C'était aussi le fameux temps où fleurissaient
les rouliers, ces bons vivants amis des tables
plantureuses et des grands coups de vin ; ces
joyeux lurons à trognes de vignerons, à la
souquenille piquée de fil blanc, formant des
dessins autour des coutures, aux gros souliers
ferrés, surmontés de guêtres de toile bou-
tonnées jusqu'aux cuisses, enfin au chapeau

traditionnellement porté et presque entièrement disparu depuis vingt ans ; époque où ces zélés voituriers se virent obligés de céder le pas à la vapeur...

C'était la fin de ce bon vieux temps dont on a cessé de nous faire un tableau très-alléchant, une description poétique et enchanteresse dans des récits controuvés q t'on ne peut plus entendre aussi bénévolement aujourd'hui. Chaque époque a, il est vrai, sa physionomie particulière qui ne s'efface pas entièrement. Elle se transmet d'âge en âge, se transforme de plus en plus dénaturée et ne nous arrive même qu'à l'état de légende ; notre siècle en recueille tous les échos lointains, les plaintes étouffées comme les cris de joie sonores ; les jours de bonheur et de félicité comme les sombres nuits de barbarie et d'accalmie. Mais il ne peut, tout en continuant sa course aux trois quarts achevée et sa marche progressive, nous faire admettre que nous sommes dans le meilleur des mondes possibles pas plus que d'autres y étaient avant nous. On accepte forcément les coutumes qui se succèdent et s'enchaînent continuellement comme une loi naturelle qu'il serait inconscient de transgresser. On est de son temps ou on est indigne d'y vivre et incapable de la moindre entreprise. Nul ne possède à un plus haut point, que les hôteliers en général,

cette sorte de double vue instinctive : conséquence inévitable de l'appât du lucre, qui
leur fait pressentir tous changements subits
parfois inattendus. Ils prévoyent un coup
d'État comme ils sentent l'approche d'une
révolution et sont toujours prêts à suivre
logiquement la raison du plus fort ; leur métier l'exige avant tout, leur politique est
rationnelle et le résultat le plus clair pour eux
est de pouvoir convertir l'or gagné chaque
année en bonnes obligations de chemins de
fer ou rentes sur l'État.

Jacques Raymond était bien de son siècle ;
parisien dans l'âme, ami du progrès et des
nouveautés. Il n'avait pas tardé à donner à
son établissement un cachet qu'il n'aurait
jamais eu sous son prédécesseur, homme
détestant toutes innovations et propa-
geant les doctrines les plus pessimistes. Jacques avait feint de l'écouter tout d'abord ;
mais bientôt s'émancipant d'un joug qui lui
pesait tant, il changeait de fond en comble la
vieille auberge sale et massive et lui donnait
tout l'air d'un bon hôtel avec balcons et persiennes sur toute la façade. L'intérieur bien
aménagé offrait tout le confort désirable :
salons particuliers pour parties fines ; table
d'hôte choisie et réputée, magnifique jardin
avec bosquet sur le derrière, vue agréable,
en un mot rien n'y manquait et les braves

rouliers d'autrefois n'eussent plus reconnu l'ancien *Cœur-d'Or*, où tout, jusqu'à l'enseigne rouillée grinçant par tous les vents, avait été retourné et remis à neuf.

Léonce ne s'était pas fait prier à l'appel d'une voix plus enivrante que la plus suave musique ; il avait gravi les deux escaliers qui le séparaient de la ravissante jeune fille et avant que Paul l'eût rejoint, notre galant avait déjà cueilli deux baisers brûlants.

— Ah ! chère Mina, je te revois enfin, s'écria-t-il en s'élançant dans la chambre dont la porte ouverte au large se referma précipitamment derrière Paul. Nous allons pouvoir rappeler nos plus beaux souvenirs. Tu connais mon ami depuis hier, ne crains rien, il est franc de collier et d'une discrétion rare ; nous ne nous cachons jamais l'un de l'autre ; il sait mes confidences et j'écoute les siennes... C'est un frère, plus peut-être, pour moi. Oui, Mina, nous causerons de longues heures ici sans être inquiétés ; tu nous diras de ta voix aimée ces mêmes accents que j'aimais tant à ouïr quand nous voguions sur les bords de la Marne en compagnie de canotiers gais et rieurs... Tu nous chanteras une de ces barcarolles scandées avec tant de goût : un de tes plus brillants succès dont nous raffolions aux jours de fortune et de liberté ! quand nous nous mêlions à ces couples

13

joyeux ne rêvant qu'ombrage, fleurs et poésie... Tu n'oublieras pas non plus une de ces
charmantes histoires qui tombaient de tes
lèvres comme ces parfums que la nuit enlève
aux pétales gonflés des corolles... Étions-
nous heureux, dis? Nous n'avions qu'une
modeste mansarde, un vrai nid d'amour que
le soleil baignait de ses premiers rayons
quand nous nous souhaitions le bonjour en
riant. Heureux temps! Heures sans prix!
Paradis de la jeunesse, comme vous nous
avez fuis? Deux fois nous avons vu éclore le
muguet dont nous couvrions notre cheminée
peu ornementée il est vrai, mais où nos ca-
deaux échangés nous rappelaient constamment les premières feuilles de notre petit
roman; nos courses à Meudon, à Saint-Cloud
et tout autour de ce Paris magnétique; astre
toujours lumineux que des jours sombres
et terribles n'ont pas obscurci; dans ce
foyer impénétrable d'étranges hétérogénéi-
tés, où l'on étudie et l'on flâne, où les heures
passent furibondes et pressées, où la province
va tour à tour comme l'eau d'un fleuve à la
mer, où court le monde entier, où vont tous
les jeunes gens avides de vie surabondante
et de soif intellectuelle. Tu t'en souviendras,
n'est-ce pas, Mina? Tu as bonne mémoire et
n'oublies pas comme nous autres les moindres
détails qui faisaient le charme de ta conver-

sation si attrayante que jamais je ne fus las
de l'entendre quand l'amour l'animait et la
passionnait même.

— Monsieur Léonce! petit flatteur, va, ne
dirait-on plus que je déteste les compliments!
C'est de la monnaie fausse que je n'ai jamais
reçue qu'à couteau tiré. Au cœur qui parle
le mien s'ouvre et répond sans se donner
pour cela. On n'aime bien qu'une fois, ai-je
entendu dire... C'est peut être vrai! en tous
cas j'espère que Monsieur Léonce voudra bien
m'avouer, devant son ami, s'il a toujours
pensé ainsi qu'il me l'a chanté sur tous les
tons imaginables; je lui donne tout le temps
de préparer ses réparties les plus saillantes
et sa défense brillante! On n'a pas fait son
droit pour rien, il me semble!

— Mina, quel changement! Quoi, me dire
vous, m'appeler Monsieur... Je ne puis souffrir
un tel langage; tes paroles me font mal, ton
ironie m'accable et ton sourire est plein
d'aigreur...

— Toujours ce maudit caractère; incorrigible Léonce... On ne peut lui parler une fois
sérieusement qu'il n'en ait de suite le cœur
gros; je voulais faire une épreuve et j'ai
réussi : il n'est pas changé!

— Il est bien tard; tu eusses dû t'y prendre hier ou jamais; le moment était propice!

. — Hier, non, Léonce, les velléités comme

les caprices étaient du superflu. J'avais été
malheureusement trop remarquée. Je ne
pensais pas qu'on en était encore à ce point
de curiosité dans ce pays. On vous toise ici
comme nulle part. On fait sensation ; on est
un événement ; on devient un point de mire ;
on marque votre passage d'un astérisque ; on
vous signale et dépeint ; j'assiste depuis une
heure que je suis à la fenêtre, à un manége
sans pareil de mégères à langues bien pen-
dues, dégoisant sur le compte d'autrui et
s'occupant plus de ma robe verte que du pot-
au-feu ou du déjeuner; je suis, des yeux, des
passants flegmatiques taillant également des
bavettes, pesant des bons mots vieux d'un
siècle et m'envoyant en passant des œillades
auxquelles mon dédain répond. Je suis l'objet
d'une étude critique qui promet de ne pas
s'arrêter de sitôt. Si j'avais su attirer ainsi
les regards des badauds, je n'eusse pas manqué de me faire une robe du plus beau rouge,
une sorte de péplum... Ah! la foule est bien
niaise, Léonce! Je vois maintenant ce qu'il
faut pour la séduire : beaucoup de couleur et
prestance qui en impose !

    — Elle est partout la même, chère Mina,
et du moment où l'on s'expose devant elle,
on doit oser l'affronter; la foule est en bas...
Nous y avons tous un regard et nous ne
devons pas trouver si drôle qu'elle ait tant de

désirs... Le plus simple pour y passer inaperçu est d'en porter la couleur locale. Ta charmante robe est trop éblouissante et hors de saison dans notre ville où les robes mauves, les fleurs orange et les gants paille sont à la mode. C'est un crime impardonable de faire irruption dans une paisible cité sans en arborer les couleurs... Voilà tout ton crime! il n'est pas grand j'espère...

— Pas assez pour me charger la conscience. Cependant, comme je tiens à demeurer inconnue ici et pour causes, je m'en vais changer totalement de toilette; ça sera l'affaire de quelques instants... Veuillez avoir l'obligeance de tirer le rideau... fermez les persiennes et regardez ce qui se passe dans la rue... Le décor sera vite changé.

Mina s'était mise à l'œuvre en fredonnant un couplet d'une chansonnette; les deux amis recevaient au travers des persiennes, les rayons tamisés du soleil à la lumière blonde et rose, comme des baisers qu'on se lasse peu de savourer. Léonce souriait sous l'influence d'une extase délicieuse; ses yeux brillaient d'un vif éclat; ses lèvres remuaient et s'efforçaient pour retenir ce qu'elles eussent exprimé si facilement.

Paul plus calme regardait machinalement dans la rue où se croisaient des passants; la circulation était rétablie; la vie renaissait

en tous sens et le bruit montait crescendo.
Nina toujours gaie continuait sa folle chanson
en se déshabillant lestement; sa robe verte
fut bientôt à ses pieds, jetée sur le dessus de
sa malle en désordre, sa jupe blanche prise à
la taille, son corsage plissé et légèrement
arrondi rehaussaient encore la beauté de son
teint plus transparent que jamais, où la rougeur s'épanouissait peu à peu; dans ses yeux
se lisait une joie intime comme on en
éprouve quand le cœur est satisfait. Elle
venait de tirer de la malle deux robes de
couleur bien différente : l'une de soie noire
jolie et moirant comme le satin que Terburg
rendait à la perfection, l'autre d'une simple
indienne grossière et presque fanée ; elle
parut réfléchir quelque temps pour faire son
choix entre ses deux toilettes : l'une de riche
apparence, l'autre sombre et triste sans reflets. Elle ne riait plus et son air soucieux
annonçait une lutte intime. La jolie voix ne
fredonnait plus, elle s'était arrêtée au milieu
d'un couplet qu'autrefois elle eût plutôt
répété dix fois qu'une. Elle saisit d'une
main agitée la superbe robe de soie ornée de
guipures et de perles, la revêtit à la hâte et
jeta sur le lit l'indienne grisâtre et défraîchie,
comme Léonce se retournait étonné de son
silence, mais avant qu'il n'eût le temps de
lui adresser la parole elle lui disait :

— Un peu de patience, cher Léonce, je vais être prête ; je n'ai plus qu'à changer de bottines, à remettre tous ces objets en place et donner un peu d'ordre à la chambre.

— Et ta chansonnette, Mina, as-tu donc oublié le plus beau couplet, celui que nous bissions chaque fois.

— Je ne l'ai pas oublié, seulement distraite que j'étais par ma toilette, j'ai jugé à propos d'en rester là et puis je craignais de me laisser emporter par l'entrain... On pourrait m'entendre !

— N'est-on plus libre, maintenant ; chante qui veut dans cette rue ; ici on assiste à un concert constant et varié au plus haut degré ; demande plutôt à mon ami Paul qui semble très-attentif depuis quelques instants. Il est sans doute charmé par un solo de quelque voisin virtuose.

— J'écoutais en effet une musique très-douce, un charmant caquetage de deux jeunes filles qui passent sous les fenêtres, mais je lui préfère encore le refrain de cette chanson enlevante que mademoiselle fredonnait si bien et qu'elle n'a pas terminée.

— Monsieur Paul, je la continuerai cette chanson de *Nini trop tôt faite.* Elle n'est pas nouvelle, mais elle est toujours bonne.

Paul s'était remis vivement à la fenêtre pour ne pas laisser paraître l'émotion que lui

avaient causée ces dernières paroles et en
même temps pour suivre la marche des deux
jeunes filles qui n'étaient autre que Blanche
et Clarisse, bien abandonnées pour le moment;
elles avaient manqué au rendez-vous la veille
et des circonstances singulières les éloi-
gnaient peut-être à jamais de ceux qu'elles
aimaient. Léonce, renversé sur le canapé,
contemplait l'adorable Mina qui achevait sa
toilette. Il la trouvait plus fraîche qu'autrefois,
plus jolie que la veille. Ce n'était pas la frêle
enfant qu'il avait connue à Paris, qu'il avait
séduite, enlevée et abandonnée au bout de
deux ans, sans grande ressource et malgré
lui, quand il lui fallut retourner dans sa famille après ses études terminées. Ce n'était
pas la folle étudiante quittant l'atelier de
modiste pour venir feuilleter, en compagnie
de son amant, les brochures qu'il lui achetait
pour la distraire, pendant que lui-même
bûchait en inondant la chambre d'une épaisse
fumée. Ce n'était pas Mina parfois capri-
cieuse et jalouse, pleurant souvent, honteuse
de sa faute, ou riant en brisant les plumes et
cachant l'encre quand elle voulait passer une
soirée joyeuse et empêcher son ami de tra-
vailler jusqu'à minuit. Ce n'était pas la Mina
de dix-huit ans, inconséquente, irréfléchie,
ayant fait le mal sans trop le comprendre,
cherchant peu à se l'expliquer et croyant vo-

lontiers la jeunesse éternelle et l'amour sans
nuages. Elle s'était totalement transformée,
et à son avantage surtout. Ses traits fins et
distingués avaient pris des formes plus régu-
lières, des tons plus fermes, des lignes moins
vaporeuses. Ses cheveux étaient toujours
blonds, mais ses grands yeux avaient pris
une nuance plus foncée et n'avaient jamais
été encadrés aussi richement de sourcils
châtains, d'une arcade plus hardie. Sa bouche
rose et gracieuse s'ouvrait moins brusquement : en un mot, Mina était devenue une
fille charmante, digne d'être aimée.

Léonce semblait se questionner et se demander s'il n'était pas l'objet d'une halluci-
nation et si réellement son ancienne maîtresse ne lui apparaissait pas dans un songe.
Il suivait avidement chacun de ses mouvements, répondait à chacun de ses sourires,
rien ne lui échappait; peut-être ne l'avait-il
jamais contemplée de la sorte. Bien des souvenirs devaient alors lui passer par la tête;
les moindres incidents de leur amour, les
doux entretiens d'expansion intime, de bonheur réel après les instants d'ennui et de
sombre réflexion; toutes les phases de cette
vie agitée lui revenaient sans doute à la mémoire. Il ne regardait plus, il songeait en
mesurant l'abîme qui le séparait de celle pour
qui son cœur avait souvent battu. Paris! lui

11

criait une voix intérieure, et sa bouche répé-
tait ce mot comme une devise fatale ou une
formule maudite. Il ne souriait plus ; le cœur
n'a pas toujours le dessus sur la conscience ;
il en est de même de l'amour sur l'esprit, de
de la folie sur la raison.

Il y a un moment où tout être qui a failli
se sent ébranlé par une force invincible ;
Léonce souffrait alors d'une atteinte semblable et Paul qui l'observait attentivement
depuis quelques instants s'étonnait fort de le
voir plongé dans une rêverie peu ordinaire
qui menaçait de se prolonger plus longtemps,
quand Mina rompit la glace par un éclat de
rire accentué. Léonce releva la tête et rencontra les yeux de son ami qui le fixait d'une
façon inquiète et lui dit :

— Mon vieux Paul! figure-toi un peu que
j'étais tout simplement de retour à Paris, dans
mon colombier perché comme un nid de pie ;
je revoyais mille choses que franchement
j'avais bien oubliées depuis. C'est la première
fois qu'il m'arrive de faire une revue aussi
rétrospective. J'en suis tellement étonné, que
si j'avais foi au spiritisme je croirais volontiers à l'influence de quelques fluides magné-
tiques ; je me suis senti plongé malgré moi
dans une sorte de somnolence et entraîné par
une force inconnue comme un corps attiré
par le vide.

— C'est extraordinaire, mais ce n'est pas là un cas unique, répondit Paul, je t'assure bien qu'il m'arrive parfois d'éprouver de ces moments de torpeur physique.

— Qui ne rêve, mon Dieu! en ce monde, ajouta gaiement Mina, car, que faire en sa chambre, à moins que l'on ne songe, quand on est condamné à un éternel tête-à-tête avec quelques vieux tableaux de famille ou un album à photographies; il faut déchirer son temps comme on peut et pour faire diversion je vais me permettre de vous faire une pro-position très-acceptable qui vous agréera pro-bablement : nous descendrons au jardin, il y a d'épais berceaux où l'on est aussi à son aise que dans cette chambre. Le soleil y vient à peine; nous serons à merveille pour causer.

— Oui, chère Mina, nous ne pouvons être mieux que là-bas pour déjeuner. L'heure s'approche; j'ai tout commandé à maître Jacques; nous allons sonner le garçon et lui demander le menu. Nous nous rappellerons nos petits soupers où le vin bleu tachant les doigts roses et les lèvres veloutées remplaçait le fin bourgogne ou le froid bordeaux; où ta gaieté intarissable donnait le branle univer-sel; où nous nous sommes tant aimés du printemps à l'automne; où nous nous sommes dit tant de choses que le vent a bien emportées depuis.

Léonce s'était levé, se dirigeant vers le cordon de la sonnette de service ; Paul avait également quitté la fenêtre comme Mina fermait sa malle et bientôt tous les trois descendaient dans la cour de l'hôtel et de là se dirigeaient vers le fond du jardin où de magnifiques acacias aux fleurs blanches et roses ondoyaient légèrement en se croisant près d'un tilleul plus que centenaire. Le jardin avait un cachet enchanteur : aucun dessinateur n'avait présidé à sa disposition. La nature seule s'était permis de tout arranger et elle avait réussi. La vigne et le chèvrefeuille couraient le long des murs élevés où des nichées de moineaux gazouillaient en paix ; pommiers et poiriers étendaient en tous sens leurs branches neigeant des fleurs dispersées par la brise, autour d'un parterre orné de buis et de pervenches. Partout des bouquets d'arbustes le long des allées sablonneuses. Partout la verdure étoilée et estompée des plus vives couleurs ; en un mot, peu d'apprêt et d'élégance, beaucoup de désordre et peu d'harmonie, du pittoresque et de l'irrégularité. L'hôtesse soignait mieux sa cuisine que son jardin.

V

Le sieur Jacques Raymond avait ceint son
ample tablier blanc, sa plus jolie veste de
satin, son faux-col à pointes et s'était avancé
tout guilleret vers la tonnelle où jasaient à
ravir les trois jeunes gens, attendant l'heure
du déjeuner.

— Ça s'apprête, leur cria-t-il en entrant;
mes amis, dans quelques instants vous serez
servis; j'ai pressé la bourgeoise à votre intention et vous n'aurez pas à vous plaindre,
j'espère. On ne viendra pas vous déranger
ici; pas de voisins curieux, des arbres de tous
côtés, des fleurs! C'est un vrai nid, quoi! et
dire que peu de voyageurs connaissent l'endroit; ils sont toujours si pressés, ces messieurs, qu'ils ne peuvent s'arrêter un instant

pour goûter le repos. Quel changement envers autrefois, n'est-ce pas?

— Aujourd'hui tout marche à la vapeur, monsieur Jacques, reprit Léonce; on vit très-vite, on s'y dépêche comme si ma foi on n'arriverait pas toujours assez tôt au bout du fossé. Nos ancêtres s'arrêtaient en chemin et ne manquaient pas de profiter de tout; leur sage économie rendait précieux ce que nous foulons aux pieds, non par dédain, mais d'après la coutume qui nous dicte ses lois.

— On n'y peut rien changer, mon Dieu! autant vaudrait essayer d'arrêter l'ouragan ou la trombe.

— Et la gaîté de vingt ans, monsieur Paul, ce qui est plus rassurant au moins!

— Oui, la gaîté aux clairs accents, au diapason intarissable, Mina, voilà ce que nous ne devons pas oublier. Fi de soucis! Ce matin, chantons à l'unisson. Monsieur Jacques, vous nous ferez servir de votre meilleur malaga; vous trinquerez bien avec nous.

— Monsieur Léonce, avec vous on ne refuse jamais. Je vais moi-même choisir ce que j'ai de mieux. J'ai du cinquante-six! Il n'est pas commun aujourd'hui.

— Vous nous gâtez, paraît-il; va pour le cinquante-six. Ça n'est pas tous les jours fête après tout... Qu'en dis-tu, Paul?

— Parfait, Léonce, tu as raison; ton avis

est le nôtre; mademoiselle n'a pas dit non; tout est accepté!

— C'est entendu, mais avant d'aller plus loin j'ai une recommandation à vous faire : le premier de nous qui se traitera de monsieur ou de demoiselle sera à l'amende. Ici, ces mots sont du superflu; nous sommes entre amis.

L'hôtelier revenait tenant un plateau et quatre verres vides ; puis, sous son bras, le plus poudreux volume de sa bibliothèque; il avançait à pas mesurés, peur de troubler le liquide précieux.

— Voilà, monsieur Léonce, regardez-moi si c'est de bonne marque celui-là! pas de falsifications!

— Monsieur Jacques, dit Léonce, je le crois authentique et quand nous l'aurons goûté nous le jugerons encore mieux.

Les quatre verres lentement remplis semblaient quatre prismes enchanteurs. Le sieur Jacques faisait claquer fortement sa langue en dégustant amoureusement son malaga. La table se dressait lestement. Bientôt les trois convives prenaient place autour d'une petite table ronde disposée à souhait. L'appétit fait peu défaut en pareil cas. Des mets confortables et choisis se succédaient ; les vieux plats de porcelaine peinte artistement circulaient par enchantement, presque sans arrêts. Paul avait peu le temps d'admirer la finesse et l'éclat de ce service magnifique. On parlait peu, les premiers coups de fourchette se font toujours au milieu d'un silence religieux. Les verres résonnaient de temps à autres en s'entrechoquant légèrement. On n'entendait qu'un joyeux cliquetis mêlé de monosyllabes approbatifs.

La bonne du *Cœur-d'Or* avait de l'ouvrage; la brave fille se remuait et n'arrêtait pas. Enfin, le traditionnel gigot piqué à l'ail et la nouvelle salade arrivèrent sur la table. On fit honneur à tout, aucun plat ne fut épargné.

— Sufficit! s'écria tout-à-coup Léonce; il paraît que nous nous y entendons; on dirait presque que nous n'avions mangé depuis quinze jours. Courage, Mina, prends ce joli morceau; allons, Paul, tu ne souffles mot. Ça va-t-il? es-tu gai? Comment trouves-tu ce bourgogne?

— Excellent, mais un peu jeune, il me semble...

— Nous ferons venir son aîné au dessert; nous goûterons le *nec plus ultra* du volney.

— On ne déjeune pas mieux chez un prince, reprit Mina. La cuisine est exquise, le vin me paraît excellent et puis entre soi, loin des regards curieux, je ne saurais rendre ce bonheur qu'on éprouve, ce contentement intime et ce bonheur partagé.

— Nous te devons cette heureuse disposition, Mina; nous eussions probablement dîné dans l'hôtel si tu n'avais eu l'idée de penser au jardin. Ici, nous respirons à pleins poumons l'air le plus pur; nous sommes libres et pouvous rire à notre aise. Buvons à ce beau jour qui nous rassemble; saluons ce mois des poètes, des chansons et des ris où sous les pas des amants les fleurs éclosent en souriant et demandent dans leur langage à ce qu'on les laisse vivre jusqu'au soir. Entendez-vous dans le feuillage comme un lointain bourdonnement d'insectes qui s'apprêtent à prendre leur vol. Les oiseaux continuent leurs sonores aubades. Tout frémit. La terre elle-même tressaille; c'est un réveil général! Buvous à ce beau ciel qui fait pâlir la pervenche et la timide violette et portons ensemble un toast à l'amour!

— Je bois à Mina, reprit Paul en portant son verre à ses lèvres.

Elle souriait et ne répondait pas.

Léonce à demi-plongé dans une rêverie béate, les yeux fixés sur la table, admirait les petites mains de sa maîtresse dont les ongles rosés tranchaient sur la nappe.

Maître Jacques, en hôtelier précautionneux, était venu plusieurs fois s'informer durant le déjeuner si tout était cuit à point; quand arriva le dessert il se présenta de nouveau, toujours gai et dispos, apportant la bouteille d'extra emprisonnée dans un panier.

Les trois convives en étaient à ce point d'un dîner où les langues se délient sans effort dans une intéressante et fraîche causerie pleine de brio et d'entrain, où les bons mots ne coûtent rien et se prodiguent au milieu des plus francs sourires, où chacun tour à tour se fait entendre et riposte à l'à-propos sans longues phrases étudiées. Fi d'épithètes ampoulées, de mots sonnant le pédantisme; on a mis de côté toute allure gênante pour ne viser qu'à l'impromptu. On a fui la règle sévère pour les exceptions toujours si légères. Les lèvres ne balbutient pas, elles s'ouvrent hardies et sensuelles.

L'obséquieux hôtelier versait lentement, méthodiquement le liquide couleur pelure d'oignon.

— Voyez, s'écria-t-il quand il eut terminé, n'est-ce pas le plus pur sang de notre Bourgogne! Quelle douceur! quel parfum et quel velouté!

— En effet, reprit Léonce, si ce n'est pas là votre numéro un, je ne m'y connais plus! Vois donc, Mina, quel rubis; buvons, ma belle, et délectons ce nectar.

Après avoir vidé son verre, Mina répondit :

— A la bonne heure! au moins, il est chaud celui-là; ce n'est pas du petit bleu comme nous en buvions là-bas; il ne teint pas les lèvres, les amants peuvent s'embrasser à leur aise avec du pareil; leurs baisers ne seront pas marqués; cela me rappelle une petite scène que je vous conterai plus tard quand nous prendrons le café.

— Pourquoi pas de suite, demanda Paul, qui s'animait peu à peu; fouillons à qui mieux mieux dans le sac aux souvenirs: tirons-en nos plus joyeuses farces, nos plus piquantes anecdotes; c'est le moment ou jamais, chère Mina, nous sommes tout oreilles.

Le sieur Jacques s'était éclipsé discrètement et regagnait l'hôtel d'un air satisfait.

— Voici l'histoire, Paul; elle n'est pas longue mais elle est bonne :

C'était un dimanche superbe, celui-là... Jamais nous ne fûmes plus gais, Léonce ne tarissait pas; nous chantions, flânions à travers la campagne, sans but; enfin, las de courir, nous arrivâmes à découvrir près de Passy, une oasis enfouie dans un buisson de chèvrefeuille et de sureau.

C'était en plein été, nous cuisions au soleil, et sans cette bienheureuse découverte, je ne sais trop comment nous nous fûmes tirés de ce brasier. Nous étions dans une véritable gargotte comme on n'en voit peu aujourd'hui : une mauvaise table branlante, un banc criard et peu solide, mais il y faisait frais; on nous

servit à dîner; je ne me souviens pas trop
quoi, les mets n'étant pas de ceux qu'on
classe dans l'art culinaire; et le tout arrosé
d'un vin bleu ou noir et par dessus très-
aigrelet encore... Nous avions si soif que
nous en bûmes quand même plus d'un litre,
n'est-ce pas Léonce?

— Oui, je crois, Mina.

— Je continue, au dessert il nous prit la
fantaisie de nous embrasser à plusieurs
reprises et si franchement, que le patron de
l'établissement accourut, rouge de colère, en
s'écriant qu'il n'entendait pas de ces choses-là
dans sa maison. « Voilà une heure que durent
vos embrassades, reprit-il brusquement. Il
faut enfin que cela cesse ou partez. — Vous
êtes un butor lui répondit vivement Léonce,
expliquez-vous, je ne comprends rien à vos
paroles. — Regardez-vous, ajouta le gargo-
tier d'un air goguenard. — Nous avions les
lèvres bleues, les joues teintes, et pour ma
part jamais je ne m'étais vu une si belle paire
de moustaches! D'autres couples riaient dans
la campagne voisine en s'approchant de nous;
nous continuâmes notre course et Léonce en
payant l'écot dit au vilain marchand : « Tiens,
voilà pour ton poison... » Il s'était changé en
hydromel! Et la joie que nous causa cet
incident, nous fit bien souvent retourner au
vin bleu dans nos promenades.

Léonce, joyeux, venait de remplir les
verres en disant à sa belle :

— Puisque tu as si bonne mémoire, goûtons
à nouveau de ce vin en souvenir de cette aventure que je n'ai pas oubliée non plus. Nous avons
tant ri ensemble. Il n'y avait pas longtemps que
nous nous connaissions alors ; nos amours en
étaient à l'aurore ; s'il m'en souvient, il y avait
juste un mois que nous nous étions rencontrés,
et pour la deuxième fois il était bien permis
d'échanger un baiser. C'est vers cette époque
que je t'avais cru reconnaître pour Marthe,
l'amie d'enfance, dont je t'ai trop souvent
parlé à tort ; mais j'espère bien que tu m'as
pardonné depuis ; c'était plus fort que moi, je
ne pouvais chasser cette pensée de mon esprit.
Elle me poursuivait partout, comme une fatale
obsession.

— Et peut-être te poursuit-elle encore aujourd'hui, Léonce ; il me semble que nous en
revenons bien vite à nos moutons, c'est un
droit que je ne chercherai pas à discuter à
présent que nous sommes tous deux entièrement libres et qu'aucun serment solennel ne
nous lie ; cependant je crois me rappeler un
fait qui a trait à cette affaire. Quand nous
nous sommes quittés, toi pour regagner la
province, moi pour demeurer à Paris, il a été
convenu entre nous que si un jour tu par-
venais à retrouver l'enfant perdue, tu me le

ferais savoir, non que de cœur je m'intéressais beaucoup à cette fille, mais soit curiosité ou peut-être jalousie, j'ai longtemps attendu des nouvelles de tes recherches. Quoique j'aie quitté le pays depuis bientôt six ans, qui sait, si moi-même je ne connais pas cette idole, dont tu me jurais avoir toujours rêvé.

— J'ai rêvé, en effet, Mina, c'est bien le mot, à moins qu'on puisse aimer passionnément ce qu'on ne voit pas.

— Je ne crois pas à celle-là, par exemple, et vous Paul, qu'en pensez-vous ?

— Mina, je vous dirai, qu'en pareille occurence chacun agit suivant ses sentiments, on ne commande pas à son cœur, en ce cas on lui obéit ; Léonce m'a déjà parlé également de cette histoire, j'en aurais tiré pour sûr certaines conclusions ; mais n'est-ce pas fiction de vouloir donner vie à la stérilité. Le véritable amour naît promptement, l'amitié date de plus loin.

— Oui, l'amitié que l'enfance éveille et que les années cimentent de plus en plus avec la fréquentation constante ; celle-là, Paul, c'est la nôtre ! Il en existe une autre qu'on éprouve en quelque sorte par intuition. Elle est inadmissible dans son principe et cependant je ne puis la détruire. C'est un germe trop enraciné dans mon cœur.

— C'est une monomanie ! voilà tout ; le plus

sage parti est d'en rire... J'ai presque envie
d'imiter la joyeuse Mina. Crois-moi, Léonce,
laissons au fond du verre les soucis et n'y
puisons que des rayons de joie.

— Paul, un instant encore, je t'en prie ;
je n'ai pas l'intention d'assombrir la gaîté du
trio, seulement je tiens à faire voir à Mina le
portrait de Marthe que je t'ai fait admirer.

— Léonce, quoi tu as sa photographie,
reprit Mina d'un air intrigué.

— Oui, la voici, je la possède depuis la
mort de mon père, regarde-la bien !

— Ciel ! s'écria Mina, tremblante et toute
pâle, à demi-renversée sur l'appui du banc,
quoi ! c'est elle ! c'est Marthe ! non, ce ne
peut-être... C'est là une ressemblance trop
frappante pourtant. Ce n'est plus Marthe
alors... c'est... oui, c'est ma...

Elle n'acheva pas, ses beaux yeux noyés de
larmes laissaient tomber comme de grosses
perles le long de sa robe.

Léonce et Paul se regardaient sans oser
hasarder le moindre mot. Le silence dura
quelques secondes et fut rompu par Mina.

— Léonce, dit-elle d'une voix moins ferme,
cette fille que vous avez connue enfant, que
vous avez aimée, dites-vous, que vous désirez
tant revoir, ce n'est pas Marthe son nom ;
cherchez bien, fouillez dans votre mémoire,
rappelez-vous si vous n'avez pas entendu

appeler autrefois cette enfant par sa mère, si elle ne lui donnait pas un tout autre nom quand vous couriez en vous ébattant sous les yeux de vos parents. Il y a longtemps, n'est-ce pas? Eh bien! moi, je m'en rappelle à présent, le mystère s'éclaircit.

— Mina, que dis-tu et qu'entends-je? Quel est ce langage, pourquoi ces larmes? balbutia Léonce.

— Ce langage est celui de la sincérité. Ces larmes venues du cœur ont coulé trop naturellement pour être une feinte cachant une fausse douleur. Je vous dirai tout, mais pardonnez à ma poignante émotion et souffrez un instant que je me recueille... J'en ai grand besoin... Est-elle belle ainsi! Comme elle a grandi! Ses yeux éclatants sont devenus un peu rêveurs, mais toujours clairs et purs. Que dis-je, c'est une demoiselle à présent; elle doit être bien grande, à vingt-trois ans... Ah! l'heureux âge pour celle qui a toujours vécu sous l'humble toit de sa demeure qu'elle charme de sa joie saine et de son hilarité sans égale. C'est la fleur qui parfume et l'oiseau qui égaie; c'est l'ange pur qui console et rassérène. Si seulement il m'était permis de la revoir quelques instants... Ah! pauvre orpheline... Sa mère repose depuis longtemps sous la tombe moussue d'un vieux cimetière.

— Sa mère est morte! Quo dis-tu là? interrompit tristement Léonce.

— Je dis ce que je sais, ce que j'ai vu.

— Et son père, Mina, l'aurais-tu connu?

— Elle ne le connut jamais; il ne prit pas la peine de lui donner son nom; lui-même est mort.

— Qui était-il, Mina, nomme-le, je t'en prie, achève?

— Je ne le puis encore, tu ne l'apprendras que trop tôt.

— Pourquoi, reprit Léonce impressionné, quel est le sens de tes paroles? Mina, pourquoi prolonger mon angoisse et ne pas tout avouer à l'instant.

— Avant d'aller plus loin, je désirerais m'enquérir de certains faits et vous poser à tous deux une simple question. Toi, Léonce, tu habites cette ville depuis que tu as quitté Paris, et vous, Paul, avez-vous constamment vécu ici depuis quelques années, répondez-moi, s'il vous plaît?

— Mina, je n'ai pas quitté ce département depuis longtemps, dit Paul; je puis vous donner tous les renseignements désirables. Je connais à peu près tout le monde ici et dans les environs, mes relations m'y obligent. Vous pouvez parler, j'espère vous aider dans vos recherches, s'il y a lieu toutefois.

— Connaissez-vous ou avez-vous connu

une personne se faisant appeler Mme veuve Arnold.

— Modiste, reprirent Léonce et Paul, de plus en plus étonnés.

— Oui, c'est cela ; où habite-t-elle maintenant ?

— Ici même, à quelques pas, répliqua Léonce d'un air anxieux.

— Ciel ! exclama Mina ; elle est ici, moi qui la croyais pour toujours retournée au pays, si jamais elle m'aperçoit ; mais non, elle doit tout ignorer, et puis me reconnaîtrait-elle. Je suis également bien changée depuis cette journée maudite qui nous sépara pour toujours... Je l'aimais tant, elle était si bonne pour moi... Hélas ! son affection ne me suffisait pas ; les soins qu'elle ne cessait de me prodiguer me pesaient plutôt que de m'agréer... Il me fallait une vie agitée, l'air de mon boudoir me faisait mal et versait comme un lent poison dans mes veines... Je n'aspirais qu'à me jeter dans le tourbillon des villes, au milieu de l'enivrant brouhaha que mon imagination maladive grandissait encore, pleine de folles illusions et de rêves trompeurs ! Hélas ! la déception vint vite, elle m'attendait sans doute. Jamais brisa-t-elle aussi brutalement un cœur plus pur. La fatalité persistante s'attacha à mes premiers pas en creusant peu à peu cet abîme effrayant

que je n'osais fixer tout d'abord, tant il était
profond; il se combla cependant, mes yeux
ne le virent plus aussi béant, mais mon âme
en conserva un vertige qui l'écrase. Oh! ma
pauvre jeunesse! oui, Léonce, tu en as effeuillé
les plus brillantes fleurs, en riant, comme on
dépouille la marguerite de sa couronne. Les
regrets ont achevé avec les remords de tout
flétrir; et j'ai souri en te laissant faire, je ne
pus me défendre. Je t'aimais tant, que pour
toi je me suis vu fermer une porte que je
n'oserai plus franchir. Je rougirais devant
celle dont le regard m'entrerait dans le cœur
plus tranchant que la lame d'un poignard.
Pour elle, ne suis-je pas complétement morte
depuis longtemps déjà. Elle me croit loin...
au-delà des mers, je lui ai écrit une dernière
fois, lors de ton départ de Paris, que je quit-
tais la France pour n'y plus revenir, espérant
par mon éloignement étouffer à jamais ma
honte. Elle m'a sans doute oubliée, et elle a
reporté toute son affection sur celle qui la
mérite le plus: sa nièce, la douce Nini que
j'ai laissée bien petite à la maison que nous
habitions alors en Lorraine.

— Nini, balbutia Paul, que vient-elle de
dire! Qu'entends-je?

Léonce ne souffla mot, il s'approcha de
Mina, et l'enlaçant dans ses bras, lui déposa
sur le front un long baiser; elle s'était tue à

son tour et ses grands yeux mouillés rayonnaient de soulagement. Ce ne fut qu'un éclair,
elle repoussa doucement Léonce à sa place et
reprit :

—Je n'ai pas tout dit encore ; j'ai commencé,
il faut que j'achève, l'aveu sera complet! Du
courage, Léonce, pour supporter l'épreuve ;
écoute-moi bien! jamais tu n'aimeras Marthe
désormais du même amour. Elle ne t'appartient pas ; les lois de la nature te l'interdisent.
J'ai retrouvé le rêve de ta vie : celle pour qui
tu m'adoras tout haut quand ton cœur lui
parlait tout bas. Celle que tu aimas par la
pensée quand tu m'aimais par les sens, mul-
tipliant tes sensations en me déchirant l'âme.
Celle pour qui tu me foulais à tes pieds où je
me jetais dans des accès de folle jalousie. Cette
Marthe que tu brûles de revoir, cette enfant
que j'ai là sous les yeux n'est autre que Nini...
les deux ne font qu'une!

Paul eut un frisson terrible et ne put articuler la moindre parole ; il était devenu d'une
blancheur inquiétante et recula effrayé devant
cette déclaration, comme s'il eût été frappé
par un fluide puissant. Ce mouvement fut
peu remarqué de Léonce qui s'étant de nouveau approché de Mina, lui disait tout bas à
l'oreille :

— Est-il possible que Marthe soit véritable-
ment la nièce de M⁻ᵉ Arnold, la belle Nini

que Paul avait hier à son bras en revenant
du Tivoli.

— C'était elle! Nini. Quoi, Léonce, dis-tu
vrai?

— Je ne mens pas, Mina; on t'a sans
doute trompée. Comment se fait-il que tu
ne l'aies pas reconnue hier? Que moi qui
habite cette ville je n'aie 'pas remarqué la
moindre ressemblance dans les traits de la
jeune fille. Il y a méprise, confusion; on
ne change pas aussi vite après tout. Non,
Mina, je ne puis croire à ce que tu viens
de nous dire. Il me faudrait une preuve irré-
futable!

— Je t'en donnerai plus d'une, s'il le faut,
Léonce. La nuit dernière était très-sombre;
il eût été bien difficile de se reconnaître même
entre amis. Je tenais du reste à me faire voir
le moins possible. Mais silence! assez sur ce
sujet pour le moment, je vois venir l'hôtelier.
Changeons de conversation. Allons, monsieur
Paul, reprit-elle d'un air enjoué, vous avez le
vin triste; vous étiez si gai tout à l'heure,
quel sombre nuage vous a passé par la tête?
A votre santé! Ce vin s'échauffe dans les
verres; buvons-le! Voici le moka... la graine
de bonne humeur, n'est-ce pas, maître
Jacques?

— Oui, mademoiselle, pour chasser l'ennui
rien ne passe une bonne demi-tasse avec un

gloria aux trois couleurs... on voit tout en rose après !

— Va pour la mixture, ajouta Léonce, qui s'efforça de sourire en s'adressant à Paul plus sombre qu'auparavant.

Il ne l'écoutait pas, ses yeux qui semblaient fixer les desserts étalés sur la table, ne rencontrèrent pas ceux de son ami; ils s'attachaient machinalement au même point de mire. Sa pensée était ailleurs. La grosse voix métallique de l'hôtelier résonnait pourtant à son oreille ; Mina et Léonce lui répondaient de leur mieux, le plus gaîment possible. L'arome délectable du café s'échappait de chaque tasse en vapeur bleuâtre et Paul rêvait toujours, plongé dans son mutisme. Il ne s'aperçut pas que Léonce venait de remettre au sieur Jacques une lettre que Mina avait écrite à la hâte, en lui recommandant d'accélérer cette commission.

Quand l'hôtelier se fut éloigné de la tonnelle, la conversation familière reprit entre les deux jeunes gens, et Paul, cette fois, se réveillant comme d'une torpeur profonde, se frotta vivement les yeux pour s'assurer s'il n'avait pas rêvé longtemps, et écouta, sans mot dire, quelques paroles inintelligibles qu'il cherchait à deviner ou à traduire.

— Vous nous aviez donc oubliés, Paul! s'écria Mina; vous ne donniez plus signe de vie. Réveillez-vous ; votre compagne d'hier va sans doute paraître ici avant peu, nous l'attendons.

— Elle, ici, vous n'y pensez pas... C'est une folie! s'il l'on venait à le savoir, comme la pauvre fille serait admonestée, après ce qui s'est passé hier.

— N'ayez aucune crainte là-dessus, cher Paul, nous avons tout prévu, Léonce et moi. Nini peut venir parmi nous sans être compromise. Surtout, ne nous faites pas une mine comme tout à l'heure. Votre air sombre me faisait mal. Il est regrettable que le déjeuner, qui promettait d'être si charmant à son début, nous amène à une conclusion si pénible et à des aveux que j'eusse dû tenir sous le sceau du secret. Sans cette photographie, en quelque sorte révélatrice, nous n'entamions probablement pas un tel chapitre ; Paul, vous me pardonnerez de l'avoir lu jusqu'à la fin et m'approuverez même un jour à venir. On vient là-bas! voyez du côté de l'hôtel. Quelle est cette personne que maître Jacques accompagne?

— C'est elle, voilà Nini! exclama Paul d'une voix sonore.

VI

Le jardin brillait des plus vives couleurs; les vieux murs étincelaient recouverts d'une poudre d'or, où des lézards d'un vert argenté couraient parmi les touffes naissantes des giroflées. Le toit de l'hôtel, nouvellement recouvert d'ardoises violettes, reluisait éblouissant comme un miroir. L'air tiède et embaumé avait succédé à la brise fraîche du matin, et baisait amoureusement les fleurs épanouies des arbustes. Les allées, couvertes de sable fin, semblaient de petits ruisseaux boueux et jaunis au milieu des prés fleuris. Le berceau, seul, bien abrité, était encore à demi-enfoui dans l'ombre.

On n'eût pu supposer qu'à cette heure, nos trois convives achevaient leur déjeuner, tant le silence était grand dans cette partie du jardin.

Nini avançait tremblante, à petits pas et comme gênée dans sa démarche qu'elle s'efforçait de composer à la hâte et presque furtivement, se sentant observée de tous côtés. Son allure tantôt timide, tantôt hardie, qu'elle ne pouvait régler à son aise, lui ôtait beaucoup de cette grâce exquise qu'on lui connaissait. La pauvre fille luttait contre un sentiment bien naturel, la crainte qui n'était pas assez forte pourtant pour arrêter sa curiosité excitée au plus haut point.

Une personne la faisait appeler pour le choix d'une robe, chose très-ordinaire au premier abord, quand on est dans le commerce; Nini, du reste, était très-souvent chargée de semblables commissions. Elle s'en acquittait avec tact, séduisait sans peine sa cliente, exaltait son goût prononcé pour la coquetterie et le luxe des toilettes, parlait de la dernière mode avec facilité et bon ton; en un mot, elle savait gagner sa clientèle et la maison Arnold lui devait en partie sa réputation méritée. Dans C... on ne voulait que de la petite Nini pour essayer les robes; sa complaisance pour les grandes dames et sa politesse envers toutes, son urbanité et ses bonnes façons la faisaient accueillir et rechercher. Elle était en course le matin, quand maître

17

Jacques la rencontra sur la place et lui remit la lettre dont il avait bien voulu se charger. Elle rentra aussitôt chez sa tante et sans lui faire part du pli à son adresse qu'elle parcourut à la hâte, elle prétexta un oubli et reprit le chemin de la rue Neuve et de l'hôtel sans trop attirer l'attention soutenue des voisins charitables... Quand elle parut à l'entrée du vaste berceau, elle recula rougissante à la vue de Paul, qu'elle remarqua le premier auprès de cette table garnie de débris et de bouteilles vides ; puis inclinant légèrement la tête, elle n'osa lever les yeux.

L'hôtelier qui la suivait de près la tira d'embarras, bien à point, en lui disant :

— Voici, mademoiselle Nini, la dame que vous demandez.

— Qui me demande plutôt, monsieur Jacques, répondit-elle vivement, un peu remise de sa peur, en remarquant les saluts qui lui étaient adressés.

— Oui, mademoiselle, reprit Mina, je vous ai fait venir pour que vous me fassiez une robe à la mode du pays ; j'entends sous le rapport des couleurs. Ici, vous travaillez d'après les meilleurs patrons des journaux de mode et vous vous en acquittez bien, m'a-t-on dit. Avez-vous apporté quelques échantillons ?

— Oui, madame, répondit Nini, j'ai justement dans ce carton les plus beaux dessins des étoffes en vogue que l'on porte chaque jour.

— Pour demi-saison, probablement, ajouta Mina d'un air très-attentif.

— Ou pour été, madame, continua Nini, nous sommes privilégiées sous le rapport de la température. C'est plus qu'un printemps, il nous semble déjà être en été, et nous engageons nos clientes à faire leur choix cette année.

— Mais, mademoiselle, veuillez vous asseoir quelques instants sur ce banc pour causer. J'ai bien des choses à vous demander. Vous allez sans doute quelquefois à Paris pour faire vos achats?

— Non, madame, seulement ma tante a une correspondante qui la met en de très-bons rapports avec les principales maisons de nouveautés et nous sommes on ne peut mieux assorties.

L'hôtelier s'était effacé discrètement devant ce commencement de babillage, et une fois qu'il fut suffisamment éloigné la conversation prit un autre tour; rubans, fichus, robes, toilettes, enfin tout fut oublié! Mina avait changé de ton comme de tournure. Elle s'était empressée d'aller vers Nini en lui tendant ses deux mains et en la conviant de vouloir bien s'asseoir auprès d'elle.

La charmante modiste n'osa pas refuser

cette offre empressée quoique singulière et
se laissa entraîner sur le banc entre Paul et
Mina. Léonce s'était placé en face d'eux et
considérait minutieusement les traits de la
jeune fille honteuse et troublée, n'osant presque lever les yeux.

— Eh bien! chère Nini, tu ne vas pas avoir
peur, je suppose; regarde-moi bien en face.
Ne me reconnais-tu pas, reprit Mina; ne
m'as-tu pas vue quelque part, il y a longtemps
déjà? Tu étais bien jeune et moi j'avais moins
de seize ans. Rappelle-bien tes souvenirs...
As-tu oublié le *Bac le Prince* et les sombres
ruines d'un vieux château que l'on va visiter
par là?

— *Bac le Prince* ou *du Prince*, répondit Nini,
oui, ce nom ne m'est pas inconnu; le fleuve
est large en cet endroit, je crois; l'eau verte
roule sur des roches effondrées, puis sur la
montagne au loin l'on aperçoit la sombre
silhouette d'une grosse tour qui domine un
petit village entouré de bois; je me rappelle
bien de ce passage-là; nous avons dû nous
promener dans ce pays avec ma tante et une
cousine déjà grande dont j'ai rarement entendu parler.

— Et cette cousine à qui ressemblait-elle,
continua Mina en serrant affectueusement la
main de Nini qui parut réfléchir et dit :

— La réponse est difficile; j'ai oublié un

peu les traits de son visage ; je crois cependant me rappeler qu'elle avait de beaux grands yeux très-vifs, des cheveux légèrement taillés et non arrangés en chignon. Elle courait comme une folle parmi les dents des rochers, les pics des montagnes, revenant les jupes en lambeaux et les mains ensanglantées, mais riant toujours aux éclats... Elle suivait rarement les promeneurs et quelquefois même disparaissait sans revenir. Ma tante devait l'appeler le *Casque-en-tête!* Mais je parle de si loin que ma mémoire me fait défaut et je ne sais trop pourquoi on m'apprit à sitôt oublier cette cousine. Ce que je puis assurer, c'est que rarement son nom a été prononcé devant moi. Un jour j'entendis dire à ma tante qu'elle avait dû périr dans un naufrage, et c'était sa propre fille ; depuis je n'en ai plus eu de nouvelles.

— Elle est bien morte pour tous, cette jeune fille, ajouta Mina en feignant un air profondément attristé ; moi qui l'aimais tant... Une camarade d'enfance... J'espérais la revoir. Nous portions presque le même nom. Nous nous quittions si peu qu'on nous appelait les deux sœurs ; nous avions la même toilette et les rubans flottants de nos cheveux se rencontraient parfois et se mariaient si bien qu'ils ne faisaient qu'un. Souvent sa mère nous prenait l'une pour l'autre. Ah !

pauvre Anna, le sort te fut cruel... Le vent humide des mers a fouetté ton corps inerte et dépouillé de sépulture... Ah! si tout-à-coup par l'effet d'un miracle tu nous revenais et que tu vinsses démentir cette terrible nouvelle qui nous navre, oh! Nini, n'éprouverions-nous pas ensemble cette joie sans égale et ce bonheur immense si rare dans la vie. Oh! comme nos âmes se baigneraient en s'unissant dans cette source de délices. Comme elle t'embrasserait, comme ses bras te serreraient sur sa poitrine en s'écriant : Nini ! car elle te reconnaîtrait, j'en suis sûre comme moi-même. Elle t'aimait tant et m'a si souvent parlé de toi que je me crois autorisée à te rappeler à son souvenir en cherchant de mon mieux à l'imiter en lui ressemblant le plus. Si hier je t'eusse reconnue, je n'aurais pas attendu jusqu'à ce matin pour te causer de la meilleure de mes amies que je trouve bien oubliée dans sa famille. Il y a peut-être aussi là un secret que Mᵐᵉ Arnold, sa mère, a voulu conserver entièrement et auquel tu n'es pas initiée. Probablement l'apprendrons-nous bientôt, Nini, et ce moment sera celui du départ pour moi sans espoir du présent et foi de l'avenir. Je continuerai ma route le plus rapidement possible sans trève ni repos comme une fille maudite...

— Mais qui êtes-vous donc? vous qui nous

connaissez si bien, ma cousine et moi, interrompit Nini d'une voix mal assurée.

— Qui je suis? douce Nini, dois-je l'avouer quand c'est à toi de tout de comprendre, à toi de me nommer enfin? As-tu depuis longtemps oublié déjà que j'allais cueillir les plus frais bouquets sur les flancs des montagnes pour satisfaire tes premiers désirs et complaire tes exigences; que je te conduisis maintes fois par la main dans ces sentiers difficiles que nous explorions les jeudis... Regarde-moi bien encore.

— Ciel! serait-ce Anna elle-même?

— C'est elle, oui, Nini, étouffa la voix de Mina.

Elles ne parlaient plus, elles se tenaient embrassées étroitement et des larmes abondantes voilaient leurs yeux mouillés. Léonce et Paul se regardaient stupéfaits, n'osant interrompre dans ce doux épanchement et cette effusion sincère, les deux jeunes filles enlacées dans les bras l'une de l'autre. Elles restèrent quelques instants ainsi, craignant de se séparer après une absence aussi longue, et, durant quelques minutes, très-longues pour les deux témoins de cette scène, elles ne cessèrent de se contempler en silence, ne trouvant le plus simple mot à articuler; leurs lèvres s'ouvraient peu à peu, s'essayaient, balbutiaient, et doucement on entendit leurs deux noms lentement prononcés comme un écho à peine éveillé par la brise. Puis leurs mains se rencontrèrent de nouveau et se resserrèrent dans une étreinte presque convulsive. Elles demeurèrent longtemps ainsi, éprouvant, se communiquant leurs plus intimes pensées par la voix du cœur ; leurs regards intelligents étaient les fidèles messagers de cette conversation sans paroles où l'esprit sonde et découvre sans effort, où le plus simple mouvement du visage se traduit instantanément. L'enfance, la plus fraîche poésie du poëme humain, reparaissait avec tous ses détails, ses tableaux effacés, ses peintures fondues dans d'autres merveilles éblouissantes et souvent fausses dont on s'enivre. La mémoire aidant, on remonte ainsi parfois aux sources de la vie, à ce moment où le premier soleil se détache nettement à l'horizon, comme l'œil d'une mère qui s'ouvre radieux et limpide sur son œuvre qu'elle admire.

Les deux amis respectaient ce silence, et, eux-mêmes, plongés dans un cours différent d'idées et de réflexions, supportaient magnétiquement l'influence de cette muette et si douce embrassade.

Midi sonnait pourtant. La cloche tintait claire et sonore dans l'air pur. Le bruit s'éteignait au loin peu à peu. Chacun dans sa mai-

son allait goûter le repos et faire sa sieste.
Les voitures arrêtées n'ébranlaient plus les
vitres des magasins. Les oiseaux s'étaient tus
dans le jardin ; à peine voyait- on des nuées
de pigeons blancs s'élancer vers le clocher de
la ville. Les fleurs presque fermées s'ap-
puyaient sur leurs tiges fatiguées. Dans certaine ville, midi n'est pas toujours la vie.
C'est une sorte de demi-sommeil qui s'em-
pare des êtres et s'étend jusqu'aux choses...
Cette léthargie dure peu, mais elle se fait
partout sentir, et les deux couples paraissaient
plonger dans cette rêverie ; aucun mot n'était
soufflé. Le plus complet silence régnait autour d'eux. Paul ne cessait d'admirer la tournure gracieuse de Nini, dont la tête s'appuyait
avec grâce sur l'épaule de sa cousine qui lui
souriait. Pour Léonce, presque ahuri, ce frais
tableau devait être un cauchemar accablant.
Pour qui se fût présenté subitement devant
ces jeunes gens et les eût surpris dans cette
position, l'étonnement n'eût pas été la première impression ressentie. L'expression de
chaque visage reflétait une passion dominante
sous un calme apparent et factice en dissi-
mulant mal le trouble visible. Les deux jeunes
filles se parlaient à voix basse depuis peu et
si faiblement, que Paul, qui s'était rapproché
d'elles, ne put saisir le moindre mot de leur
conversation confidentielle. Nini avait oublié

l'heure du déjeuner et ne songeait qu'à s'é-
pancher, quand Nina renoua la causerie subitement interrompue et dit :

— Maintenant, Léonce, que tu ne peux
plus douter de la véracité de mon asser-
tion, je crois le moment venu de continuer
l'épreuve commencée. Tu as devant toi la
jeune fille qui a toujours eu une si grande
place dans ton cœur et dans ton imagination.
La Marthe tant rêvée, tant désirée est là,
et tu me parais très-indifférent auprès d'elle...
Pourquoi ce brusque changement ? Doute-
rais-tu encore de ma parole et me crois-tu
assez pervertie pour faire jouer quelque rôle
indigne à cette douce Nini que j'adore comme
ma propre sœur. Léonce, je crois deviner ce
que tu éprouves; est-ce honte ou déception, tu
n'oses avouer quel sentiment te pénètre.
Sois franc et ouvert ! pas de porte de derrière
surtout; nous ne jouons pas la comédie ici,
nous sommes en pleine intimité.

— Je l'admets, répondit Léonce très-sé-
rieusement; mais ce que je vois et entends
ici depuis quelque temps me paraît très-
étrange.

— Étrange en vérité, ajouta Paul; mais
tout s'éclaircira, j'espère. Tout me paraît en
bonne voie, je le souhaite pour Mlle Nini.

— Ma foi, monsieur Paul, continua Nini,
je n'ai rien à désirer jusqu'alors, n'ayant rien

souhaité. Mon plus grand bonheur est d'avoir retrouvé ma cousine après une séparation aussi longue... Si ma tante pouvait apprendre cette bonne nouvelle bientôt!

— Jamais, Nini, jamais, m'entends-tu bien, ma mère ne doit savoir que je suis revenue ici à l'hôtel, que je t'ai causé, que nous nous sommes embrassées et confié bien des secrets qu'elle doit toujours ignorer. Pour elle, je ne vis plus depuis longtemps; renaître à la vie dans de telles conditions est tout-à-fait impossible. Je ne veux plus lui causer la moindre peine. Son cœur a trop longtemps saigné; au mien à supporter désormais tout le faix du remords. Je l'ai mérité, je vivrai pour souffrir et me réhabiliter si je puis, j'en ai le ferme espoir; ma faute est grave sans doute, mais peut-être aux yeux de Dieu n'est-elle pas irréparable. Je mettrai des années s'il le faut pour effacer cette flétrissure dont mon corps est entaché. Alors, s'il s'il m'est permis de le purifier dans un baptême nouveau, je rendrai grâce à celui qui m'aura soutenue et encouragée dans ce pénible retour. Oui, devant toi, Nini, mon cœur a battu violemment, mon sang reflué vers les tempes bourdonnait comme l'eau des cavernes fumantes. Ton regard m'a pénétré jusqu'aux entrailles... J'ai frisonné de la tête aux pieds en recevant cette douce lumière et

ton sourire me sembla si bon que j'eusse
voulu qu'il durât jusqu'alors... Ne recule pas,
Nini, continua-t-elle d'une voix vibrante...
Ne tremble pas ainsi avant de savoir ce que
fut la fille que tu remplaces auprès de sa
mère. En peu de mots je vais te tout dire...
Ça n'est pas long, mon histoire... Il faut si
peu de temps pour faire mal... Léonce, je ne
t'accuse pas, je fus la plus coupable.

J'avais mes dix-sept ans quand j'arrivai à
Paris chez Mme Garan, une vieille amie de la
famille où je devais passer quelques années
dans un grand atelier de modes pour devenir
parfaite ouvrière. Le métier tout d'abord me
déplaisait entièrement. Je ne pouvais rester
en place ; il me fallait du mouvement, beaucoup de vie et surtout de liberté, ce qui n'était
régulièrement pas admis chez les braves
gens qui étaient chargés de me surveiller. Je
passais une partie de mes soirées à lire quand je
pouvais me procurer quelques romans ou
nouvelles en vogue. Parfois je fixais le ciel en
rêvant ou jetais un profond regard sur la rue
animée et bruyante où tant de dames en
toilettes passaient et repassaient accompagnées
de jeunes élégants. Ces scènes constantes, mê-
lées à d'autres plus incompréhensibles encore,
m'exaltaient à un si haut point que parfois il
m'arrivait de maudire ceux qui me forçaient
à garder la chambre...

Un soir je fus laissée seule; la vieille amie
et ses deux demoiselles allaient en soirée :
j'avais prétexté une indisposition pour demeurer libre à la maison. La porte était restée
ouverte; j'eus d'abord peur et je voulus rappeler Mme Garan pour qu'elle vînt m'enfer-
mer à double tour. Je m'y étais prise trop
tard, le silence régnait dans l'hôtel; je courus
me mettre au balcon. Il faisait si bon cette
soirée... Une odeur de muguet embaumait
l'air et je cherchais longtemps à savoir d'où
s'exhalait ce fin parfum, fraîche haleine du
printemps... Je ne découvris rien ce soir-là,
mais je me couchai le cœur troublé. Je fis les
plus beaux rêves : je revis nos bois épais et
nos grands prés touffus; nos montagnes à
pic baignées par le fleuve rapide. Je me levai
de bon matin et j'aperçus à la fenêtre voisine
de la maison deux énormes pots festonnés de
muguet; j'avais découvert la fleur, il me restait à connaître la main qui l'arrosait. Mes
yeux se tournèrent bien souvent de ce côté
sans rencontrer ce qu'ils désiraient. Enfin,
un jour une tête de jeune homme fit une
courte apparition : j'avais vu ses cheveux
très-noirs, ses grands yeux, sa fine moustache et sa mine éveillée. Je ne pus en voir
davantage cette fois et je quittai précipitamment le balcon, mais non sans y revenir souvent après, et si souvent que mon manége

fut remarqué. Le même soir je reçus par un messager mystérieux une épître en vers avec cette dédicace : *A la belle inconnue du balcon.*

Tu parais être mal à l'aise, Léonce, reprit-elle ; ne te troubles pas, je t'en prie ! malgré ma bonne volonté je ne saurais redire aujourd'hui ces premiers vers qu'un jeune poëte a confiés pour moi au vélin. J'ai voulu les oublier ; je les possède encore cependant, mais cela serait trop long ; je continue :

J'eus l'imprudence de répondre à l'épître et au lieu de signer Anna, je traçais au bas de ma lettre un nom que j'avais retenu au hasard : Mina. Ce fut le premier faux pas et de là il n'y a pas loin au bond que l'on veut éviter. Enfin, bref, je pus sortir un soir en trompant la vigilance de Mᵐᵉ Garan et je ne sais par quelle coïncidence, la première personne que je rencontrais justement sur le trottoir fut mon voisin. Nous allâmes nous promener ; nous ne devions pas aller bien loin, mais tout en causant le temps passe si vite et le chemin semble si court, que nous arrivions bientôt aux Champs-Elysées que nous traversions à la hâte pour continuer notre course... Elle dura longtemps et, malgré tout le désir que j'avais de rentrer, nous nous étions tellement éloignés de notre quartier que nous n'arrivâmes à destination qu'après minuit. Le marteau de la porte d'entrée

fut frappé en vain ; il résonna sourdement
sur le bronze et rien ne nous répondit. Mon
cœur terrifié frémit et je faillis me trouver
mal. Je fus alors emmenée rapidement, loin
de la maison de la vieille amie et je dus bon
gré mal gré céder aux instances du jeune
homme qui m'entraîna dans un restaurant
très-coquet où nous dînâmes. Je me souviens
toujours de sa conversation brillante, de son
entrain, de l'attrait qu'il donnait à tout ; puis
il était si beau qu'il eût été très-difficile de
s'empêcher de l'aimer. Ce soir-là, les premières notes du chant d'amour vibrèrent ;
nos cœurs chantèrent à l'unisson et mon
corsage, orné d'un bouquet de muguet, exhalait les plus folles senteurs... Jusque-là,
chère Nini, mon âme troublée resta vierge et
je pus rentrer sans être vue, grâce à l'argent
que le jeune homme prodigua, en cette occasion, aux gens de la maison. Je pus ainsi sortir presque librement chaque soir en employant
des ruses qu'on s'ingénie toujours en pareil
cas.

Une certaine nuit je ne rentrai qu'au matin ; mon gracieux voisin, de plus en plus
empressé, m'avait conduite au bal et dans les
tourbillons de valses enlevantes l'heure avait
été vite oubliée... Quand j'arrivai dans mon
boudoir, que je revis ma couchette superbe
dont la robe n'avait pas été enlevée comme

d'habitude, j'eus un tressaillement terrible et
devins pourpre. Devant ce lit moelleux où les
heures s'écoulaient si vite, où les plus ;beaux
rêves ne tardaient pas à éclore chaque soir,
je songeai pensive en sondant l'abîme qui
m'avait séparée pour la première fois de ces
objets que j'aimais, de cet oreiller que j'allai
jusqu'à embrasser, de ce bon duvet qui semblait me reprocher de l'avoir laissé en place,
de ce bénitier orné d'une pâquerette jaunie et
respectée depuis de nombreuses années. Devant cette cheminée de marbre rose et blanc,
surmontée d'une glace très-pure et ornée de
potiches hauts en couleurs, je me sentis atti-
rée malgré moi comme chaque matin au réveil, mais je reculai devant la limpidité du
miroir où mes yeux venaient de plonger ; je
n'osai supporter tant d'éclats et me sourire
comme je le faisais tous les jours. L'amour
du chez soi, ce culte voué à tout ce qui nous
entoure devient d'autant plus vif qu'on en est
éloigné par une circonstance inattendue.
Avec mes illusions de jeune fille, mon en-
thousiasme et mes constantes exaltations, j'ai
bien souffert durant cet instant. Ma faute me
semblait énorme, et ma mère m'apparaissait
en me reprochant amèrement l'oubli de mon
devoir.

Si j'entre dans tous ces détails, douce
Nini, c'est pour bien te faire sentir comme

on arrive progressivement à faire le mal
quand l'amour domine tout autre sentiment.
J'étais malheureusement dans ce cas-là et je
ne pus résister à passer une autre nuit avec
mon amant. Ce fut le prélude d'une enivrante
musique à laquelle on ne peut rester sourd ;
mais un matin, en regagnant très-doucement
ma chambre, je reculai épouvantée à la vue
de la vénérable Mme Garan qui gardait la
porte d'entrée et s'écria d'une voix tonnante :

— Je vous y prends enfin, mademoiselle,
je ne voulais pas croire tout ce qui me fut dit
sur votre conduite désordonnée ; j'ai voulu
m'en rendre compte moi-même, et maintenant que j'ai la preuve de ce débordement
sans exemple à votre âge, je m'en vais écrire
à votre mère et vous renvoyer à elle ; je n'entends pas être plus longtemps responsable de
vos actions ; allez, malheureuse, ajouta-t-elle ;
apprêtez votre malle, vous partirez dans la
journée.

Je n'osai lever les yeux et rentrai dans ma
chambre, anéantie, brisée. Je devais prendre
le train dans la soirée à la gare du Nord ;
j'écrivis à la hâte quelques lignes à mon
amant, et il se fit que nous nous trouvâmes
dans le même compartiment. On nous prenait pour de jeunes mariés ; j'avais revêtu
ma plus riche toilette, mon plus frais chapeau ; et lui, avait endossé un magnifique vê-

19

tement en drap bleu qui rehaussait encore l'éclat d'un pantalon large de nouveauté, et son feutre de tous les jours avait fait place à un gibus tout neuf. Nous étions reluisants et conduisions à merveille notre jeu de nouveaux épousés; et dire que pour que tout cela fut vrai, il nous eut suffi de stationner quelques instants à la mairie de notre arrondissement et de nous agenouiller devant l'autel, tout eut été pardonné. Mais nous n'avions pas le temps de nous occuper de ces préliminaires crédules ; je me disais : il m'épousera toujours plus tard; il me l'avait tant promis ! Nous avions oublié un moment le but de notre voyage et nous riions si ouvertement que quelques voyageurs partageaient notre hilarité. La nuit arriva cependant, et avec elle tarit la conversation. Je ne tardais pas à m'endormir sur l'épaule de mon amant et c'est ainsi que le jour nous surprit. Nous nous étions peu éveillés... Une fois à Reims, s'il m'en souvient, et dans la gare de C..., où nous devions nous rendre, il fallut presque nous secouer pour nous faire descendre du wagon. La position était critique ; qu'allais-je dire à ma pauvre mère pour lui expliquer mon retour. La brave Mᵐᵉ Garan m'avait lu la lettre adroite qu'elle lui écrivait : l'ennui, la maladie du pays y avaient une large part et, à la rigueur, mon retour ne pouvait rien moins paraître qu'une chose ordinaire. J'arrivai jusqu'à la porte de la maison que ma mère habitait et je n'eus pas la force de l'ouvrir. Je toquais cependant, bien faiblement, on ne me répondit pas. Il était trop matin. Je reculais alors et n'osais plus approcher. Personne ne m'avait vue pourtant. Je me hâtais de rejoindre la gare avec mon amant qui m'attendait; nous arrivâmes juste à temps pour reprendre un train qui nous ramena le soir même à Paris... Oui, à ce Paris, dans cette merveilleuse cité où l'on peut vivre sans être inquiété à deux pas de personnes gênantes, où l'on passe inaperçu dans une foule qui grouille et passe en grossissant comme la boule de neige qui devient avalanche. Je ne pus m'arrêter une fois lancée sur cette pente rapide et vertigineuse où chaque instant est un siècle de délire, où tout se précipite et s'enchaîne sans retour vers le gouffre commun où tombent tant de victimes, où l'innocence en haillons heurte le vice hideux blotti dans la soie et l'or; où les pleurs sont étouffés par l'éclat strident des rires et la voix ironique des sombres échos.

L'exemple est contagieux, Nini; la conscience obéit à des mouvements de bascule et finit souvent par se laisser emporter après avoir lutté fortement. Nous autres, femmes, nous succombons facilement et nous nous donnons

entièrement à celui que nous aimons. Nous
ne vivons plus que pour lui en faisant sacrifice de ce que l'on a de plus cher en ce monde :
l'honneur que nous oublions de sauvegarder
pour appartenir matériellement à l'être qui
nous a séduites avec ces mêmes promesses
employées de tout temps ; on les écoute, on
en rit d'abord, et l'on finit, hélas ! par ne plus
y croire quand il est trop tard.

Nous vécûmes ainsi de longs mois, — chose
assez rare, paraît-il, dans les annales du
quartier latin, — moi, travaillant toute la
journée, lui, étudiant et chaque soir nous
réunissant pour nous distraire de nos fatigues, courant de tous côtés, foulant l'asphalte
ou parfois le tapis des parquets cirés, jetant
au vent des chansons et mille bêtises, vivant
de gaîté et d'amour, tendant la coupe aux
plaisirs et ne refusant jamais l'occasion d'oublier dans l'étourdissement des brouhahas
les heures d'ennui et de remords.

Puis un jour nous nous séparâmes, tu t'en
souviens, Léonce ? tu rentras chez toi riche
et par conséquent considéré ; moi, je restai
pauvre et deshonorée, le cœur à jamais brisé,
sans famille, à deux pas du trottoir où erre
la prostitution... Je pouvais m'y livrer et
gagner comme tant d'autres de ce pain ignoble
qui étouffe et empoisonne. Je pouvais
m'enivrer de ce philtre qui tue lentement,

mais je ne l'ai pas fait, j'ai voulu vivre et une soif nouvelle s'est emparée de moi...

— Assez, Mina, tu m'accables, reprit Léonce ; devant cette jeune fille de telles paroles sont cruelles à entendre. Si nous fûmes faibles tous deux en acceptant une position amenée par l'étrange concours de circonstances fatales, nous devions tôt ou tard briser les chaînes dont nous étions chargés. Toi-même ne m'as-tu pas souvent engagé à en rompre les anneaux ?

— Pouvais-je agir autrement ? répliqua Mina ; ton père vivant eut-il consenti à notre union ? Il est mort depuis ; tu es libre sans doute, mais je ne le suis plus... Non, Léonce, mon existence est désormais liée à une autre destinée ; tu le sauras par la suite. J'ai voulu avant te revoir et te tout dire. Je ne comptais pas remplir un double but. Le hasard nous a secondés et par lui cette jeune fille que j'ai tant aimée, que j'adore de toute mon âme, cette enfant que j'ai connue ne portant qu'un nom, celui de sa mère, vient de retrouver son frère ici-même. Léonce, embrasse ta sœur, la voilà !...

VII

La tranquille rue Neuve était très-agitée
en ce moment. On chuchotait partout ; ainsi
les essaims d'abeilles entrant dans une forêt
paisible produisent un bourdonnement qui
augmente peu à peu. Le pouls des honorables
habitants devait marquer plus de cent pulsations à les voir gesticulant, causant, dis-
cutant sans arrêt. Il y avait pour sûr un événement singulier en jeu sur le tablier des
braves commères. Des rassemblements se
formaient çà et là comme s'il se fût agi d'une
chose grave. Les femmes y étaient en majorité, il va sans dire ; jamais elles ne manquent
l'occasion de se présenter toujours *discrètement* quand une discussion s'élève. Et pourtant le passant n'eût rien remarqué de bien extraordinaire. Deux couples venaient de quitter

l'hôtel du *Cœur-d'Or* et se dirigeaient rapidement avec M⁰⁰ Arnold du côté des halles dont les piliers massifs masquaient tout un côté de la place où se trouvait le magasin de la modiste. M. Delorme, l'infatigable rôdeur, l'observateur critique, se trouvait précisément au coin de la rue, devant la librairie de son ami Franz, exposant son superbe nez romain baigné de lumière comme l'aiguille d'un cadran solaire. Il fut réellement surpris quand il aperçut Léonce et Paul en compagnie de Nini et de Mina que M⁰⁰ Arnold escortait. Il salua d'abord respectueusement avec un certain air de protection, puis remit son chapeau à la hâte et sourit ironiquement en faisant un signe à quelques voisins qui venaient à lui. Ceux-ci en firent autant pour les personnes qui se trouvaient aux fenêtres et en moins de deux minutes, grâce à ce système de chappe perfectionné, tout le quartier était au courant du fait. Les langues avaient marché depuis le matin et les nombreux adeptes de Basile ne s'étaient pas fait défaut de calomnier joyeusement, presqu'innocemment la petite Nini et la fille en robe verte. Les femmes quittèrent les fenêtres à la hâte pour descendre dans la rue où leurs maris badauds vinrent les retrouver en flâneurs, nonchalamment, sans avoir l'air de se préoccuper beaucoup de ce qu'on disait autour d'eux. Il était si rare d'être dérangé à cette heure de la journée que bientôt tout le monde fut debout.

— C'est ainsi que commence une révolution, disait plaisamment le libraire Franz en s'approchant du groupe principal formé sur le trottoir d'en face où maître Jacques pérorait en bonne compagnie.

— Voyez-vous, monsieur Delorme, disait l'hôtelier, fier de paraître intéressant, il ne faut pas tout-à-fait juger des choses à première vue. Nous autres, dans le commerce, nous sommes habitués à tout ; nous recevons tant de personnes différentes et de voyageurs inconnus, que nous avons l'habitude de voir tout de suite à qui nous avons à faire ; il nous suffit d'un coup d'œil ; seulement on est parfois trompé tout de même. Ainsi, pour ce qui est de cette petite que vous avez vue au balcon du deuxième étage, j'aurais parié tout au monde qu'elle arrivait en droite ligne de Paris ; son chic, son parler, sa toilette, son laisser-aller...

— Et puis cette robe verte très-excentrique qu'elle laissait flotter sans pudeur au-dessus de la rue, dit une voix de femme glissée dans le cercle.

— Voisine, reprit l'hôtelier, la toilette ne fait rien à la chose. Attendez jusqu'*Amen* et surtout, je vous prie, que ça ne sorte pas d'ici... C'est entre nous !

— Oui, oui ; parlez, monsieur Jacques, ne craignez rien, répondiront plusieurs voix.

— Figurez-vous que ce matin la demoiselle en question déjeunait en compagnie de deux aimables convives que vous avez aperçus tout à l'heure. Je les avais placés au fond de mon jardin comme ils me l'avaient demandé. On ne peut être mieux entre parenthèse et je ne sais ma foi pourquoi je n'ai pas songé à utiliser un pareil endroit si convenable pour les personnes qui désirent être tranquilles. Ils l'étaient tous trois en effet, quand M. Léonce Merstel, que vous connaissez, me remit une lettre pour la petite Nini. Je rencontrais justement la modiste sur la place près des halles, et bientôt elle accourut avec ses cartons et ses échantillons ; il s'agissait de choisir une robe à ce que j'ai compris. Mais cela dura si longtemps que Mⁿᵉ Arnold, inquiétée, accourut à l'hôtel et me demanda après sa nièce qu'on avait vue entrer chez moi. Je l'envoyai au fond du jardin sans plus réfléchir... Quelques minutes à peine s'étaient écoulées quand j'entendis un cri perçant parti du côté du berceau et presque aussitôt le géomètre Paul Robert se précipitait vers l'hôtel en s'écriant : Vite de l'eau, du vinaigre, une dame se trouve mal. Nous ne fîmes qu'un bond, moi et ma femme, et nous vîmes la Parisienne blanche comme une morte à demi-renversée dans les bras de Nini qui la soutenait, et Mme Arnold presqu'à genoux lui frappait dans les mains. La jeune fille n'était qu'évanouie ; elle reprit bientôt ses sens, la couleur reparut sur ses joues et son front devint très-pourpre. Après une telle faiblesse, une rougeur semblable dénotait une honte visible et n'était plus le résultat d'une poignante émotion ; ses yeux étaient encore fermés et semblaient craindre de revoir la lumière. Enfin, ils s'ouvrirent lentement et s'attachèrent profondément sur ceux de Mme Arnold à qui elle dit en lui jetant ses deux bras autour du cou :

— Oh ! mère, pardonnez à votre fille dont le repentir a suivi la faute ; si je ne reviens pas habiter le toit de la famille comme l'enfant prodigue, je vous demanderai comme une dernière grâce de votre bonté de bien vouloir me donner votre consentement et votre bénédiction pour mon prochain mariage.

Mme Arnold ne répondit pas, mais regarda sévèrement et tour-à-tour les deux amis stupéfaits qui se trouvaient très-mal à l'aise en ce moment. La Parisienne reprit soudainement :

— Ma mère, mon fiancé n'est pas ici ; ce jeune homme que vous avez surpris donnant une accolade fraternelle à Nini, fit-elle en indiquant Léonce, n'est autre que le fils de M. Charles Merstel que vous avez connu...

C'est alors que M⁰ᵉ Arnold, se retournant vers moi et ma femme, nous remercia chaleureusement des soins que nous avions apportés à sa fille et nous pria de les laisser seuls quelques instants. Nous nous retirâmes bien à regret comme vous pensez, et nous n'en avons pu apprendre davantage.

— Quel dommage! siffla aigrement la petite Mᵐᵉ Delorme; si j'avais été à votre place, je me serais faite si petite, si petite, que j'aurais passé inaperçue et j'aurais tout su.

— C'est curieux tout de même, continua M. Béchard, que Mᵐᵉ Arnold a une fille dont on n'a jamais entendu parler et qu'elle vient justement descendre à l'hôtel au lieu de se rendre chez sa mère... Il y a du louche làdessous!

— Oui, Béchard, ajouta la femme de ce dernier, venir ainsi de Paris avec une robe verte, fumer la cigarette, cracher par la fenêtre, cela sent la donzelle de bien près; et puis ces Arnold, sait-on ce que c'est? de quel pays ils proviennent ?

— Ça vient faire fortune comme beaucoup d'autres dans une ville; puis un jour à revoir aux amis; on disparaît à l'horizon et l'on va manger des rentes ailleurs, balbutia une autre mégère.

— Et ces jeunes gens, reprit la grasse mère Harteau d'une voix vibrante; y a-t-il du bon

sens? Ça court nuit et jour et débauche les
filles! Ça reveille en sursaut tout un quartier
et scandalise les gens paisibles! Ça ne pense
qu'à filer, à la mode de Paris, les femmes en
retard... On ne peut sortir une fois la nuit
close sans être accroché par quelques vilains
clercs de notaire laissant leurs cheveux comme
des garçons perruquiers... On ne peut mettre
le nez à la fenêtre après la retraite sans entendre une sérénade obsédante...

— Qui ne vous est pas adressée pour sûr,
souffla ironiquement une voix.

— Mais enfin, ajouta le paterne M. Franz,
dans tout cela je ne crois pas qu'il y ait de
quoi fouetter un chat. L'imagination est parfois comme un verre grossissant qui trompe
l'œil. Il ne faut pas toujours s'en rapporter à
sa première impression et vous m'avouerez,
mesdames, que cette mince affaire ne peut
avoir de conséquence. N'est-il pas vrai,
Delorme?

— Oui, mon vieux Franz, je suis de ton
avis et avant de causer plus longtemps ici
nous ferions mieux d'attendre le dénouement
en remettant à plus tard une causerie qui
promet de se prolonger. Je connais pour ma
part Léonce Merstel et son ami Paul Robert.
Ce sont deux garçons très-affectueux, très-
francs et de plus affables avec tous. Je les ai
appréciés particulièrement et je vous garan-

lis qu'ils sauront toujours se tirer d'un mauvais pas avec honneur et adresse.

— Et cette petite Nini, qu'on m'assure
n'être pas rentrée de la nuit chez sa tante,
ajouta malicieusement M⁰ᵉ Delorme; est-il
permis de voir une pareille conduite à cet
âge? La belle promet si on ne lui trouve pas
un bon mari à poigne de fer.

— Il n'aura pas une poigne de fer, répondit vivement Paul qui soudainement avait
rétrogradé vers l'hôtel pour s'acquitter d'une
commission; mais il aura en revanche, ma
brave dame, un bras assez solide pour proté-
ger l'innocence contre les noires perfidies
dont on l'accable.

Ces paroles, prononcées d'une voix ferme
et mordante, jetèrent le froid dans l'aimable
société qui ne s'attendait pas à être dérangée
de sitôt. La conversation prenait seulement
tournure, le cercle s'élargissait et les curieux
de tous les points accourus venaient grossir
ce noyau dont le sieur Delorme était l'âme;
il fit semblant de ricaner avec l'air badin qui
ne le quittait jamais. Quelques voisins déser-
tèrent le groupe et maître Jacques, s'étant
lui-même éclipsé pour rentrer dans son hôtel,
il ne resta plus que les zélés, les incorrupti-
bles qui ne lâchent jamais prise et s'achar-
nent au contraire plus la proie leur échappe.
Quand Paul repassa, plusieurs personnes lui

adressèrent en vain la parole; il salua et disparut à la hâte à leur grand désappointement. Il était très-préoccupé et semblait préparer une des phrases comme on en rumine quand on est pris au dépourvu.

En vérité, la position de Paul était embarrassante. En récapitulant les singuliers événements qui s'étaient succédé depuis la veille et auxquels il n'avait cessé de prendre part, tantôt en acteur lui-même, souvent en spectateur, se sentant fortement impressionné par chaque scène qui se déroulait devant ses yeux, on pourrait se demander si pour lui ces quelques heures n'étaient pas déjà loin et n'entraient pas dans le domaine des souvenirs. Il avait assisté à un drame intime d'un effet saisissant, dans cette entrevue inattendue d'une mère qui retrouve sa fille qu'elle croit morte depuis longtemps ou qu'elle a souhaitée disparue pour toujours. Sa belle Anna avait péché; son orgueil de mère offensée la repoussait quand son cœur eût voulu avoir tout pardonné. Sa colère n'avait pas trouvé d'expression, les mots ne lui montèrent pas aux lèvres et quelques sanglots étouffés furent sa réponse quand sa fille, à demi-évanouie, lui demanda le pardon; la pauvre mère tomba à ses genoux quand elle la vit renversée, inanimée sur le banc du jardin. C'en était trop! Elle ne put supporter

tant d'émotions sans fléchir... Son sang lui
parla, tout son corps frémit, ses membres
frissonnèrent en touchant la terre où ils vinrent se heurter brusquement. En l'espace de
quelques instants, l'enfance si belle de sa
chère Anna lui était revenue à la mémoire.
La joie délirante de l'enfant, la douceur de
ses traits réguliers qui annonçaient tant de
beauté, sa tournure si gracieuse que chacun
admirait et dont elle était si fière, l'espoir
qu'elle avait de la voir un jour se promenant
à son côté, jolie et recherchée, n'attendant
plus qu'un époux choisi... Tous ces rêves
qu'elle avait oubliés lui revinrent et de grosses
larmes tombèrent de ses yeux comme de larges gouttes de rosée à l'aurore; puis un sourire brilla comme un rayon de soleil au lever. Paul, le cœur resserré en reçut la douce
influence et prit sa part de ce baiser muet
dont son visage s'illumina. Les âmes aimantes
éprouvent ainsi des sensations qu'elles reçoi-
vent et partagent généreusement, toujours
prêtes à s'abreuver aux sources pures et
transparentes des saintes voluptés. Paul ressemblait à ces plantes qui s'enrichissent et
brillent au contact de trésors qui les entou-
rent; seul, il n'eût qu'imparfaitement ressenti ce bonheur dont il jouissait, ainsi éveillé
par des élans irrésistibles qui le dominaient,
l'enflammaient même en brisant cette sorte

de froideur mélancolique qui l'accablait. Après les confidences de Mina il s'était senti plus à l'aise, il respirait mieux ; peut-être éprouvait-il déjà, poussé par le premier sentiment si égoïste de l'amour, une joie secrète et intime! Nini, qu'il n'avait cessé d'observer, se détachait peu à peu moins confusément de son esprit enfiévré ; l'image de la jeune fille prenait une forme suave, un contour enchanteur ; son cœur balançait comme une lyre éolienne vibrant au contact des brises folles ; de nouveaux accords venaient sourdre à ses oreilles. Une autre vie commençait pour le jeune homme. Sa jeunesse sonnait un réveil puissant. Il avait compris et approfondi en quelques instants cette étrange position faite à la femme par l'homme et souvent par elle-même. Il avait senti les causes diverses qui amènent fatalement la chute de certains êtres destinés à servir d'exemples continuels à d'autres que le hasard ou la chance a maintenus dans la voie véritable... Léonce lui avait fait peine, tant sa douleur était vive et sincère. L'amertume empoisonne parfois l'ambroisie délectable bue à longues gorgées dans la coupe des plaisirs. Paul venait d'éprouver un désir ardent et vrai ; ses lèvres avaient murmuré sans trembler les mots brûlants d'un autre amour qu'une âme corrompue peut seul flétrir et dénaturer... Il lui res-

tait à faire l'aveu de sa passion, il l'eût osé
le jour même ; le lendemain sa timidité et sa
rêverie habituelle l'écartaient de son but. Il
lui fallait attendre et ne pas heurter.

Les deux amis s'étaient promenés jusqu'au
soir de cette journée si féconde en émotions
diverses, l'esprit plus fatigué que le corps, la
tête remplie de cauchemars ; leurs paroles in-
cohérentes annonçaient une grande désorga-
nisation des facultés mentales. L'un et l'autre
cependant éprouvaient différemment et ne
voyaient plus par un prisme commun. Pour
Léonce, la ville morne et sombre, avec ses
maisons grises, ses rues étroites, ses places
vides et nues, son église aux clochetons go-
thiques lui paraissait plus triste que jamais ;
le ciel était devenu sombre, l'horizon avait
des teintes molles sans reflets et paraissait
servir de couvercle au tombeau où il venait
d'enfouir, en un jour, deux de ses plus chères
amours. Paul, au contraire, voyait tout en
beau ; ces nuages avaient pour lui des formes
moins bizarres et les flèches de l'église lui
avaient rarement paru aussi dégagées. Il trouvait la halle moins massive et les rues sans
tristesse ; il ne cessait de saluer chaque passant comme s'il eût voulu faire sentir à tous
qu'il était heureux. Il marchait depuis longtemps seul, bercé dans une rêverie entraî-
nante sans doute, quand il s'aperçut que

Léonce ne l'accompagnait plus. Il se retourna vivement et le vit au loin disparaître dans la pénombre précédé d'une jeune fille qu'il reconnut pour être la dernière maîtresse de son ami... Au même instant, un être rasant les murailles, grandissant à vue d'œil, l'approchait précipitamment plus légère que l'ombre des nuages courant dans la nuit et l'enlaçait si fortement qu'il vacilla et faillit tomber en arrière, effrayé de cette soudaine apparition. L'être prit forme, puis un fou rire éclata quand Paul s'écria :

— Dieu! que tu m'as fait peur, Clarisse!

— Paul, répondit le gracieux fantôme d'une voix câline, nous n'avons pas dansé hier; j'ai voulu te voir aujourd'hui, je t'ai bien surpris, n'est-ce pas, chéri? tu paraissais si rêveur ainsi le front légèrement incliné. J'ai voulu t'égayer là, allons nous promener; il fait si bon...

Et tous deux s'éloignèrent à grands pas dans la nuit qui tombait lentement sur la campagne.

Et pendant ce temps Mme Arnold et sa nièce s'apprêtaient à bien fêter le retour inattendu de leur Samaritaine. Nini était toute tendresse pour sa cousine qu'elle mangeait de caresses et comblait des plus petits soins avec une grâce exquise et une attention délicate qui flattèrent beaucoup la jeune Anna deshabituée depuis longtemps à de semblables accueils. Mme Arnold laissa babiller les deux jeunes filles qui s'embrassaient à tout propos, souriaient et ne cessaient de se questionner en se souvenant de leur enfance et de fil en aiguille elles en arrivèrent à parler mariage. Nini, la première, entama la question en ces termes :

— Est-il donc bien vrai que tu veuilles te marier, chère Anna ?

— Oui, Nini, répondit-elle ; je dois épouser un jeune et beau sous-officier que j'ai soigné durant le siége de Paris et que j'ai guéri d'une blessure atroce ; je l'avais vu tomber la poitrine labourée par les balles, les bras mutilés, il était horrible... Son corps sanglant rebondit sur la terre gelée ; un flot de sang lui était sorti par la bouche et s'était coagulé autour de sa moustache blonde. Je versai des larmes en m'approchant de cette tête blême où la mort déjà promenait son aile, mais son cœur battait encore. On emporta son corps sur la sinistre civière et je le suivis jusqu'à l'ambulance où je pansais et soignais les blessés. Il lutta longtemps contre l'agonie et se débattit dans des souffrances atroces qui m'arrachaient des plaintes que j'étouffais de mon mieux dans mon mouchoir, pour ne pas paraître moins dure que les autres... Il le fallait alors ; on en voyait tant et toujours...

Enfin, un matin ses douleurs devinrent moins vives et s'apaisèrent par intervalles ; le docteur avait beaucoup d'espoir et je me trouvai au chevet de son lit quand il ouvrit les yeux et me sourit... Il voulut parler, mais je lui fis signe qu'il était encore trop tôt. Il obéit et se contenta de me regarder longtemps ; il était si beau ainsi, sa tête était si noble depuis son premier sourire que je revins souvent, plus que je ne l'aurais dû peut-être, m'appuyer sur la table de nuit pour voir si rien ne lui manquait, s'il ne souffrait pas. Quand il put causer, il ne s'en priva pas et se soulagea en me racontant les malheurs qui avaient frappé sa famille aux premiers jours de l'invasion. Sa mère était morte d'épouvante et des suites des mauvais traitements qu'elle avait endurés de la soldatesque allemande ; un de ses frères était mort au champ d'honneur à Bazeilles, le plus jeune était prisonnier en Silésie et sa sœur était réfugiée en Suisse, où elle vivait avec une famille strasbourgeoise. Il m'apprit ensuite qu'il se nommait Fritz Loben, qu'il portait le même prénom que son père, officier en retraite, mort depuis quelques années ; puis un jour il me demanda si j'habitais Paris, qu'il serait heureux de connaître ma demeure pour aller me remercier des bons soins que je lui avais prodigués ; je lui répondis, en lui écrivant mon adresse, que j'espérais bien

qu'il ne manquerait pas de me donner de ses
nouvelles. Après les affaires dé la Commune,
je reçus sa photographie avec une lettre qui
m'annonçait sa prochaine arrivée à Paris. Je
n'étais pas riche en ce moment, on travaillait
peu. Je fis des efforts prodigieux d'économie ;
je vécus de privations pour lui offrir la réci-
procité et jamais je ne me sentis plus de courage qu'en supportant ainsi des fatigues
inouïes pour arriver à mon but. Je le reçus
dans ma petite chambre bien pauvre, il est
vrai, mais rayonnante de propreté. Les deux
chaises qui restaient étaient cirées et relui-
saient autant que le vieux bois de lit ; et la
table avec sa nappe trop courte ne faisait pas
trop mauvais effet... J'avais mis ma plus belle
robe et toute ma bourse jusqu'au dernier
louis avait été employée pour la réception.
Mon petit budget avait disparu, mais le bonheur me payait au centuple la somme que
j'avais dépensée. Nous étions à la fin de mai ;
le soleil était si bon avec la paix, qu'un moment je me crus revenue au meilleur temps.
J'avais pu me procurer un bouquet de muguet qui penchait gracieusement sur la table
ses jolies clochettes au milieu de longues
feuilles vertes... Il parfuma la collation. En
quelques heures nous nous étions compris,
j'avais tout avoué et, malgré mes fautes,
Fritz ne put s'empêcher de m'aimer. Il vint

me revoir souvent depuis, jusqu'au jour où il
dut retourner en Alsace pour affaires d'intérêt; il demeura longtemps absent et ne revint
à Paris que quand il eut établi sa sœur à
Nancy. Le gouvernement lui allouait une
faible pension, il avait de son côté quelques
rentes; il eût sans doute été plus riche s'il
n'avait vendu ses biens à vil prix avant de
quitter sa chère province pour rester Fran-
çais... Par la suite son amour devint de plus
en plus vif et je lui rendais bien. Puis un jour
il fallut à nouveau nous séparer. Il venait
d'obtenir un emploi à Rouen; il ne put revenir
à Paris que tous les deux mois, mais nous nous
écrivions régulièrement chaque semaine, et
c'est ainsi que nous sommes arrivés à trouver le temps moins long et l'absence plus to-
lérable. Il vient d'être nommé régisseur d'une
magnifique propriété située dans le midi
de la France, où avant un mois je porterai
le nom d'un mari que j'espère rendre le plus
heureux des hommes.

— Sans toi, je serais mort probablement,
me disait-il encore dernièrement; tu m'as
sauvé la vie... elle t'appartient. Ma mère et
ma sœur ne m'eussent pas mieux soigné;
j'oublierai ton passé et nous vivrons ensemble longtemps si Dieu le veut, en attendant
ce jour béni où je pourrai, vainqueur, te ra-
mener dans notre Alsace.

Et, chère Nini, j'ai voulu revoir, avant de l'oublier complètement, celui que j'ai tant aimé autrefois. Le hasard sans doute l'a fait habiter cette ville d'où je vous croyais, ma mère et toi, parties depuis plusieurs années. De bizarres événements, notre rencontre fortuite où je ne sais quel doigt puissant semble s'être mêlé ont conduit l'aventure à souhait. J'avais revêtu une toilette excentrique pour faire accroire à Léonce que la bonne fortune ne m'avait pas abandonnée et que j'étais la maîtresse de quelque fils de famille... Il ne se laissa pas prendre à pareil enfantillage et je ne sais si tu l'as remarqué, la nouvelle de mon mariage le rendit très-sombre et lui causa la plus violente commotion... A lui, le repentir aujourd'hui! A moi, le bonheur mérité après la pénitence!...

— Que je suis heureuse de ton bonheur, reprit Nini en enlaçant sa cousine de ses petits bras nerveux... Comme nous rirons à tes noces! Comme nous danserons... Il y aura un bal, n'est-ce pas? Tu verras comme je danse bien... Je suis tant changée depuis cette époque où tu m'aidais à gravir les sentiers à pic, que tu en seras toi-même étonnée.

Mme Arnold, qui sans avoir pris part à cette conversation, n'en avait cependant pas perdu un seul mot, reparut les yeux rouges et gonflés, et dans un même baiser, unissant sa fille

et sa nièce, elle les tint longtemps serrées sur
son sein palpitant en embrassant leurs fronts
brûlants, et dans cette douce communion de
trois âmes baignées dans un même rayon on
eût pu entendre comme trois soupirs légers
montant vers les cieux...

VIII

Deux mois se sont écoulés. Juillet va terminer sa course. Les cieux chargés de nuages laissent à peine percer des rayons d'or qu'ils tamisent et teignent légèrement de bleu, ainsi des flèches perçant les nues reviennent vers la terre rapides et étincelantes. Hirondelles et joyeux martinets se croisent dans leur course gracieuse devant des moineaux repus qui se jouent dans le sable humide des gouttières. La bonne ville de C... s'éveille. Les stores grincent et se relèvent; les portes s'ouvrent aux cris répétés des laitières qui circulent en tout sens sur les trottoirs. De gracieuses jeunes filles aux yeux gonflés encore arrosent abondamment les fleurs épanouies de leurs fenêtres; et de forts parfums mêlés à ce doux réveil semblent annoncer

22

une de ces bonnes journées si rares durant les
canicules. Une brise sensible souffle des bois
voisins et fait entendre les gammes chromati-
ques du fleuve qui murmure. Tout dispose à
la joie et la gaîté doit pénétrer dans plus
d'un cœur, car ce jour heureux marquera
dans la bienheureuse cité.

Sur la place des Halles, la maison Arnold
a un aspect riant. La devanture, repeinte
nouvellement, a des couleurs vives qui tran-
chent, des teintes qui séduisent et font jurer
les deux sombres rez-de-chaussée d'à côté
dont les vitres, très-propres cependant, ne
peuvent rivaliser avec les glaces de la modiste.
On lave partout. Des personnes vont et viennent dans le magasin transformé en salle
splendide où l'on dresse une table en fer à
cheval. Mme Arnold traite paraît-il et gran-
diosement... Aux fenêtres se plissent de petits
et de grands rideaux qu'arrangent artistement les plus beaux doigts d'une fée dont le
long peignoir calque les formes attrayantes.
C'est Nini qui s'empresse ainsi à attacher les
embrasses et laisse à peine voir sa tête mignonne qui se cache et reparaît toujours
comme ces colombes balançant au-dessus des
taillis et qu'on perd des yeux pour les mieux
revoir ensuite. La jeune fille est ravissante
au balcon où ses bras viennent de s'accouder.
Elle a revêtu une camisole légère à pois roses

et semble attendre dans ce costume matinal le moment d'achever sa toilette. Une chaîne avec croix d'or balance dans le pli adorable de sa gorge à demi-nue dont l'albâtre est rehaussé par l'incarnat de ses joues.

L'horloge de la ville vient de sonner huit heures à la grande surprise de la belle Nini qui se retire brusquement dans sa chambre, en proie à la vive impression qu'éprouve toute jeune fille qui sent approcher l'heure solennelle du mariage. Elle n'ose y croire encore malgré tous les apprêts qui se font autour d'elle, malgré les mains amies qui l'aident à déployer sa superbe robe nuptiale et les fleurs symboliques dont elles semblent la sœur. Devant ces préparatifs qui touchent à leur fin et précèdent le dénoûment, elle se demande si elle n'est pas l'objet d'un rêve, si réellement son futur mari va la conduire à l'autel, et cette fête avec ses brillantes illusions, son éclat, ses accords, ses larmes que procure le plaisir, tout vient se heurter à la fin dans son cerveau et l'émotion qui s'ensuit l'accable. Elle tremble de bonheur et plus le moment arrive, plus la fiancée timide se rapproche de sa mère chérie qu'elle quittera bientôt pour suivre l'époux dans un chemin opposé.

Nini avait à peine connu sa mère et ne savoura pas longtemps la douceur de ses baisers,

mais elle retrouva dans sa tante tant d'affection et de tendresse qu'elle se considéra toujours à l'égal de sa propre fille. Mme Arnold,
ce matin-là, était rayonnante et quiète comme
toute personne qui éprouve une satisfaction
méritée. Elle sentait l'heure venue de faire
le sacrifice de cette nièce qu'elle avait élevée
généreusement en lui réservant pour son cadeau de noce une somme de vingt mille
francs, produit d'un petit capital qui n'avait
cessé d'augmenter depuis l'époque où la mère
de Nini était morte en confiant à sa sœur le
fruit de ses économies. Nini n'avait jamais
entendu parler de ce legs et se préoccupait
du reste très-peu de sa position pécuniaire,
rêvant avant tout de chansons et de danses,
quand un rayon de joie lui soufflait dans l'âme
une enivrante musique.

Était-elle charmante en souriant à sa tante
et aux jeunes filles qui l'aidaient à achever
sa toilette ! Ses yeux avaient un éclat lumineux reflétant ce qu'ils fixaient avec force.
La bouche à peine ouverte s'essayait sans
doute à prononcer le *oui* sacramentel sans
trop d'émotion. Rarement plus belle fiancée
se regarda rougissante dans son miroir limpide.

Les voitures déjà roulaient sur les pavés
sonores de la place. Les fouets claquaient
dans l'air, les chevaux piaffaient en s'arrê-

tant devant la maison Arnold, puis s'élançaient entraînant des carrosses luisants laissant voir par les portières leurs moelleux
coussins capitonnés. Des groupes de curieux
se formaient çà et là sur les trottoirs aux coins
de chaque rue.

C'est tout un événement qu'une noce dans
une petite ville! Chacun tient beaucoup à
voir le futur et sa fiancée, si c'est encore chose
possible aujourd'hui où l'on a pris l'habitude
à coup sûr peu pittoresque de ne plus aller
qu'en voiture. On ne fait plus un pas sans
un obsédant véhicule de cérémonie. Invitations, noces et visites qui s'ensuivent, tout
procède de la même façon. Il serait malséant
et du dernier prosaïsme de vouloir transgresser une loi décrétée par la mode qui n'est pas
toujours l'école du bon goût, mais purement
celle d'une fantaisie irrésistible.

Autrefois, il y a vingt ans à peine, peut-
être moins, les invités d'une noce s'en allaient
encore deux par deux sur une longue file à la
mairie, puis à l'église; alors c'était une véritable promenade belle d'entrain et de gaîté.
Chacun se ressentait de cette joie épanouie
sur les visages. La jeune fille au bras de son
amant ou du cavalier choisi paraissait plus
alerte et moins gênée qu'elle ne l'est aujour-
d'hui dans des robes d'apparat. La mariée
ne se cachait pas et le fiancé marchait fière-

ment, la tête haute, sans crainte des regards
curieux. Les cancans n'en allaient pas moins
leur train. C'est un tribut que de tout temps
l'on paie quand on s'offre en spectacle à la
foule oisive, mais la critique était moins
mordante et tombait parfois devant celui à
qui elle devait s'adresser. On riait franchement à cette époque où le luxe n'avait pas
achevé de séparer différentes castes de la
société. L'envie ne s'était pas infiltrée dans nos
mœurs, il y avait plus de laisser-aller, plus
d'urbanité... Le bourgeois, rond en affaires,
franc dans ses relations, n'avait pas endossé
la peau du tartuffe pour singer platement ce
qu'il ne pouvait imiter. Les temps sont bien
changés depuis et que peut-on y faire après
tout, sinon d'accepter le plus philosophiquement possible les conséquences nouvelles
amenées par des transformations fabuleuses.
Les sages d'autrefois qui allaient à pied
comme nos riches villageois d'aujourd'hui
sembleraient de singuliers originaux s'ils venaient heurter en plein dix-neuvième siècle
nos principes enracinés sur la locomotion.

Dans la ville presque aristocratique qu'habitait Nini les moins fortunés se mariaient en
omnibus et parfois même se payaient le luxe de
voitures de place. Avec l'illusion et l'amour
en perspective n'est-on pas en un jour plus
riche qu'un millionnaire blasé? Que faut-il

de plus à la jeunesse aimante qu'un rayon de soleil et quelques heures de liberté ?

Les invités arrivaient en grand nombre chez Mᵐᵉ Arnold; tous, il va sans dire, en grande tenue. Les dames en toilettes richement composées et si variées que pas une robe ne se ressemblait. C'était admirable de couleur et de luxe! Les commères du voisinage qui formaient la haie quand Paul Robert descendit seul d'une voiture s'écrièrent en l'apercevant :

— Le marié! voilà monsieur Paul!

— Et son garçon d'honneur, tonna la voix sonore de Léonce qui venait de faire irruption sur le pavé en faisant craquer ses bottines neuves.

Paul épousait en effet la belle Nini, pour laquelle il s'était pris du plus vif amour depuis le jour de leur rencontre fortuite. Les événements bizarres qu'ils avaient vu se succéder, l'ennui et les soucis de la vie de garçon dont on se lasse toujours à la fin contribuèrent beaucoup à le décider si promptement. La mère avait bien fait quelques sages objections avant de céder, mais elle ne tarda pas à adhérer au choix de son fils. Dans l'intervalle, Mina était devenue Mᵐᵉ Fritz Loben, après s'être mariée à Paris où sa mère et Nini s'étaient également rendues, et le lendemain de son union elle avait été obligée de suivre son mari dans le Midi où son poste nouveau de régisseur le réclamait. Le dérangement eût été trop grand pour revenir au pays presqu'aussitôt leur installation au château et, à leur profond regret, ils ne purent assister aux noces de leur cousine.

La cérémonie fut splendide sous tous les rapports. A la mairie, M. le maire lui-même voulut lire le fameux article 213 aux fiancés. L'assistance était nombreuse et choisie à l'église où le grand curé officia et prononça un joli sermon de circonstance. Paul et Nini devaient être bien impressionnés quand le son du hautbois s'éleva pur et perlé vers la nef accompagné par les puissants accords de l'orgue harmonieux. L'artiste jouait une suave mélodie de Schubert, musique divine qui saisit l'âme et la transporte dans la plus douce extase. Un silence religieux régnait dans le chœur aux vitraux illuminés et flamboyants. Chaque famille de la ville avait envoyé là un de ses membres pour assister à la bénédiction nuptiale. On remarquait parmi les assistants quelques braves dames de la rue Neuve. Maître Jacques étalait son gros ventre avec bonhomie et son voisin Franz, les yeux fixés sur l'autel, paraissait rêver. Quelques invitées, près de Mme Arnold, essuyaient discrètement quelques larmes obligatoires. De jeunes personnes, fort peu musiciennes sans doute, bâillaient à se rompre les mâchoires ; d'autres faisaient probablement *in petto* des réflexions charitables en guise de prières ; le plus grand nombre commençait par trouver bien longue la cérémonie, car de tout on se lasse, même des meilleures choses ; et Léonce, remontant dans sa voiture, s'écria joyeusement : *É finita la comédia !!*

Quand la superbe Nini eut tendu ses joues roses et veloutées et donné autant de baisers qu'elle en reçut et qu'elle fut libre enfin d'appartenir entièrement à son mari, on se sépara jusqu'à l'heure du dîner. Léonce rentra dans sa chambre où il travailla à un manuscrit qu'il intitulait : *Mes Sensations.*

Depuis deux mois il s'était ainsi habitué à confier au papier ses impressions qu'il analysait et augmentait d'intéressants souvenirs ; il s'était même adonné à sa passion pour la poésie ; quoiqu'il l'eût laissée complètement de côté depuis longtemps, il s'était remis à sacrifier aux neuf sœurs en rimant odelettes et sonnets. Sa poésie était nerveuse, parfois brusque et sans grâce, mais toujours expressive et empreinte d'un certain réalisme. Quelques pièces de vers arrachées à son album par des mains féminines avaient fait le tour de la ville et lui avaient valu une réputation de *Jeune-France* dont il riait bien sous cape.

23

Pendant le dîner magnifiquement préparé et servi à souhait, Léonce, pétillant d'esprit, animait de son entrain une partie de la table. Il était redevenu plus que jamais le bon vivant du Tivoli, le violon du plaisir!

Dames et demoiselles lui faisaient les yeux doux. La mariée était dans le ravissement et Paul répondit de son mieux à la gaîté exubérante de son ami. Au dessert, quand le champagne dora les flûtes, que le cliquetis des verres devint général, que les chansons se succédèrent et que partout une pointe légère fit tourner toutes les langues à la grande satisfaction de M. Delorme et de son épouse, le poète lut un épithalame qu'il avait composé la veille. Pour toute réponse, Nini et Paul embrassèrent le galant garçon d'honneur, malgré les observations réitérées d'un vieux tabellion qui s'obstinait à trouver dans la poésie quelques graves hiatus. Léonce y fit peu attention et n'en continua pas moins à donner par la suite les trois couplets d'une romance adressée à l'*Inconnue du balcon*, à la Mina d'autrefois :

> Belle inconnue, ô douce fée!
> Toi dont les yeux profonds comme la mer
> Brillent plus purs que cette onde azurée,
> Où j'ai noyé plus d'un chagrin amer...
> Toi dont la bouche est un rubis limpide
> Qui sur l'ivoire éclate sans pareil...

Pourquoi t'enfuir, ô divine sylphide,
Quand mai pour tous offre amour et soleil?...

Belle inconnue à ton balcon je t'aime,
Fixant aux cieux les nuages des soirs,
En récitant tout bas ce bon vieux thème
Qu'en mon pays l'écho souffle aux manoirs,
Ta voix est claire et ta gorge adorable,
Ton pied mignon, ta taille faite au tour...
Pourquoi t'enfuir comme un flot sur le sable
Quand ma fenêtre est ouverte à l'amour?...

Belle inconnue! oui, pour toi je frissonne
En arrosant ce muguet parfumé,
Que ton regard profond qui passionne
Fixe longtemps comme un objet aimé.
Mon cœur palpite et s'enivre mon âme
Quand tu t'enfuis comme un rapide éclair...
Et dans mon corps vibre comme une gamme
Que mille échos répercutent dans l'air...

— Bravo! bravissimo! applaudirent les
convives.

— Et cette inconnue, dit la voisine de
Léonce d'un air intrigué, l'avez-vous civi-
lisée un jour? votre luth a-t-il calmé son
effroi?

— Mademoiselle, reprit Léonce, ceci est
tout un mystère et presque de l'histoire ancienne que je vous demanderai la grâce de ne
pas exposer. Mon amour enterré ne vit plus
qu'au fond du reliquaire; j'en ai extrait ce
petit bouquet bien jauni, voilà ce qu'il en

reste! Quand je chante cette romance, j'ai toujours soin de porter sur moi ce souvenir précieux !

. Comme il achevait ces derniers mots, les quelques branches de muguet lui échappèrent des mains et roulèrent sur la nappe. Nini s'en empara presqu'aussitôt et dit à Léonce :

— Mon cher poète, je vous demanderai de conserver cette fleur jaunie, ayant connu celle qui l'a cueillie avec vous ; cela me rappellera dans l'avenir ce jour heureux qui nous trouve réunis et la charmante romance que vous venez de nous chanter avec tant d'expression ; elle nous fera souvenir également que ce fut dans le même mois où elle fleurit que nous nous sommes rencontrés et connus, Paul et moi, au Tivoli Belair, et nous nous redirons gaîment : C'était au temps du Muguet !

— Nini, gardez cette fleur, répondit Léonce ; je souhaite qu'elle vous porte bonheur ainsi qu'à celle qui en a respiré les premiers parfums.

Puis il but sa flûte d'un trait et sa gaîté n'eut plus de bornes !

FIN.

GIVET. — IMP. DE F. CHOPPIN.

www.ingramcontent.com/pod-product-compliance
Lightning Source LLC
Chambersburg PA
CBHW070858030726

47504CB00005B/1381